髙橋 信哉

東京図書出版

はしがき

定年退職後に何をすべきか、如何に生きるかは会社・団体・官公庁の退職者にとっては大きなテーマ。十人十色の現実のライフスタイルに照らし、私自身の定年退職後の「形」を整理・総括し、自らの「此れから」を律するために上梓したのがこの本。定年退職予備軍や高齢独り暮らしが必至の方、現役第一線の中高年層も意識して思う事をしたためたことは申すまでもない。

多くの人にとって、定年退職は人生最大の転機。退職後の身の処し方は下町の居酒屋も含め、様々なステージで熱く語られている。その切り口の一つが「終活」という言葉。人生の総括を意味する比較的新しい概念で２０１２年の新語・流行語大賞にノミネートされ耳目を集めた。しかしながら「終活」がどの辺りから始まるかは曖昧。ゴールが棺桶は共通認識だ。

また定年退職時点を「生前葬」と例える人もいる。よりポジティブに一歩踏み込んで定年退職から棺桶（本葬）までの行動を包括して「終活」と定義し自らを律する生き様は、私は一つの見識と思う。

私の場合は65歳定年退職時の非常勤での誘いも固辞し、50歳辺りから固めていたプランに沿って即アメリカに渡り、サンフランシスコ他での単身生活1年間を手始めに自分中心の未知体験志向で現在に至っている。57歳で妻（享年53歳）と死別したことも含め自らの方位・方角を選択したもの。

見聞したことも踏まえて、私も定年退職時点を「終活」のスタートと位置付けた。更に棺桶までのタイムスパンが読めない中での「終活」は足元に注意して無理はせず、かつ敢えてハードルが少し高いプロジェクトも入れ、Plan Do See で刺激的に動くことも不可欠と考えた。そして概ねこのコンセプトに沿って〝喜寿〟まで行動してきたと私は総括している。

実はこの書の企画段階で、拙著のスケルトンを友人・知人50名超に郵送した。或る女性の意見は「終活とは、スローな時間の流れの中で過去を振り返り、自分が亡くなっても残された人達に迷惑を掛けないよう整理することではないでしょうか？」だった。そしておおむねこの辺りが男女を問わず一般的な感覚のようにも見受けられる。しかしとりわけ高齢独り暮らしの男子が行雲流水のごとくスローな流れに身を委ねるだけでは歩みを止めて生きる意欲を失くしたに等しく、静か過ぎて何とも侘しい山里の風景である。

誤解の無いように補足すれば自営業、政界、法曹界、教育界、宗教界、医師、そして主婦は私の思考の範疇外である。

独り暮らし高齢者（65歳以上）の世帯数は既に1000万世帯を超えている。かつ平均寿命が延び、定年退職から終焉までのスパンも長くなっている。尚更のこと、終焉が近づく中で己の人生を笑顔で振り返る瞬間は、現役時代の行動実績もさることながら「終活」の中で遣り遂げた密度濃い事件・体験であろうことは想像に難くない。「終活」を出来得る限り刺激的に行動することこそ、己の背中を見せながら「笑って棺桶」で幕を閉じる術だと私は考えている。
この書は私の「終活」の中での此処までの挨拶・祝辞・講話・書簡の幾つかを選び独断と偏見で総括しながら再構築したものである。しかしながら私の此処までの「終活」がどうだったのかは読者の評価に委ねるほかない。そして何がしかの参考にして頂ければ、何か心に届くものがあったなら、これに過ぎたる幸せはない。

2018年2月

髙橋信哉

終活をデザインする ◇ 目次

1

〔挨拶〕甥の結婚披露宴で親戚代表としてあいさつ

結婚する2人の仲立ちをする「仲人」は、最近は殆ど聞かなくなった。振り返れば１９９０年代の半ば辺りまでは例外なく仲人・媒酌人を立てることが慣例だった。現に私も１９８０年代に仲人を2回務めたが3回目の声が掛かった時に妻が乳癌罹患でキャンセル。１０００人規模の工場の管理職だった友人の場合は立て続けに仲人を10回務めたという。

さらに、当時仙台支店長を務めていたA氏の場合は、社員の結婚式が3週連続で3件続いた時は流石に閉口したと苦笑していた。確かに他社の慶事での祝辞ならNo.２の代理出席も有りだが社員の結婚式ではそうはいかない。支店長殿が言うには、何が困るといって披露宴の前の方に着席しているのは当然ながら毎日顔を合わせている自社の管理職の面々だということだ。話のネタ探しに腐心したというのだ。私も現役時代は結婚披露宴の主賓挨拶が少なくなかったので非常によく分かる話である。

現役リタイア後は当然ながら登壇回数は激減したが、何回やっても慣れないのが結婚披露宴でのスピーチ。現時点で一番新しいのは２０１５年の親戚代表での次のスピーチだった。

〈挨拶〉

新郎・新婦、御結婚まことにオメデトウ御座います。

さて新郎は勿論私のことを知っているけど、新婦は私のことを知らない。当然です。そこで初めに30秒で「自己紹介」します。私は只今75歳。65歳で県庁をリタイアして、即アメリカに渡り、1年間アメリカで生活しました。そしてイギリスに4カ月。65歳以降に本3冊を出して私の本は図書館にも入っています。以上自己紹介です。そこで此れまでの経験を踏まえて3分間スピーチします。

結論から云えば、「夢と目標」を持つこと。「夢と目標」が生きる力になります。具体的に云えば、ハードルは少し高いけど、実現可能性のある「夢と目標」です。家を購入するとか、新車を買うとか、海外旅行も「夢」には違いないけどそのレベルは小さ過ぎます。実現までにいささか汗をかくリスクもある、時間も掛かる失敗も有りうるレベルの「夢と目標」です。

然らば私の「夢と目標」は何だったのか？　例えば、退職後に家内と2人でレンタカーでアメリカ大陸横断することが夢でした。家内は初め尻込みしましたが運転免許の取得は私より4年早かった。私がアナタ方と同じ20歳台の時の話ですからね。だから今から50年前の話です。家内は間違いなく私より運転も上手だった。だから2人でトライすれば「楽界しました。

勝」だと思っていた。成功すると思っていた。ところが家内は私が57歳の時に癌で倒れ他界しました。

結局、66歳の時に私1人で、サンフランシスコからニューヨーク迄。レンタカーは「ボルボ」でした。途中、グランドキャニオン・モニュメントバレーを回ってロッキー山脈越えをしたので実走行距離7103㎞（少しドヨメキ）。仙台からシンガポール辺り迄走った計算ですね。本の出版も私の『夢・目標』で御蔭様でそれなりに売れました（笑いあり）。

付け加えれば、ハードルが高ければ失敗して後悔することも有り得ます。怪我などすれば尚更のこと、やらなければ良かったと思うかもしれない。しかし「夢と目標」に向かってトライしなかったことを後悔することの方がダメージは大きく「心の傷」は遥かに深いということを申し上げておきます。

先ずは「夢と目標」を持つこと。少しハードルの高い「夢と目標」にトライして下さい！「人生は物語」です。2人で面白い素敵な物語を作って下さい。それから今日御列席頂いた皆さんには此れからも2人のサポーターになって下さいますよう御願い致します。

アリガトウございました。（拍手）

（追記）

ケンブリッジの語学学校（２０１３年６〜９月）の初日は６段階評価でクラス分けする為のテストがメイン。私は予想通り４段階目だった。掲示板の貼り紙には、主担当教師の名前の下に私を含めて12名の名前が並んだ。日本人は私だけ。そして２日目の最初の授業はオリエンテーションというから黙って聴いておれば良かろうと気楽に構えていたら全く逆で、喋るのは生徒で教師が聴く側だった。初めに「何故ケンブリッジに来たのか」名簿順に答えさせられた。次に「英語を学ぶ目的について」３分間スピーチで語るよう指示された。90分授業の最後に教師が言った一言が印象的だった。

「Writing（書く）はstereotype（紋切り型）でも良いが、Speaking（話す）は定型的な紋切り型は絶対に駄目！」そして最後に、イタリアから来た男のスピーチが一番印象的だったと語って、教室を出て行ったのである。

振り返って私のスピーチはステレオタイプ。面白くも可笑しくもない典型。自分の英語のスキルを上げて自分の世界を広げたいと抽象的に話しただけ。一方イタリアの男のスピーチは少しとちりながら、英語が下手だったから可愛いイギリス女性を軽くハグすることも出来なかった体験談だった。身振り手振りを交えて話したのだ。クラスが一瞬笑いに包まれたことは言うまでもない。

サンフランシスコに11カ月語学留学した時の教師の話も重かった。サウスバンネス側にあるシュロの大木と起伏に富んだ芝生が印象的な公園で、先生・生徒全員集合の野外バーベキューパーティーの時だった。たまたま隣に座った教師と日本文化の話になった。彼のバックグラウンドは文化人類学で教師になることが夢。東京で2年暮らした経験あり。

『……日本人は形にこだわり過ぎている。前例に倣って事を進めることが多すぎる。結婚披露宴にも2回ほど出席した。歓迎会・送別会も数回経験したが、happy（幸せ）なpleasant（愉快）な遊びの類いであるにもかかわらず、どれもこれも時間厳守。各人のスピーチも実に退屈。そして進め方「次第」も常に前例に倣って、画一的で工夫が無かった。予想はしていたがヤハリ違和感があった。日本は国際化が不可避で日本人だけで生きていくことは出来ないのだから、もっと工夫・改善の努力をすべきだと思ったよ……』

私は、日本の文化は「形」を重んずる文化、前例を踏まえる文化、個性を出来るだけ抑える文化、順応と調和に力点を置く文化等々と並べたが、文化人類学修士の彼はよく分かっていた様子。次にワイングラスを持って立ち上がり、直立不動で、日本語で私に向かってパフォーマンスしたのである。

『御列席の皆様の御健勝と益々の御発展を祈念して乾杯致します。カンパーイ！』

サンフランシスコでもケンブリッジでも教師の話で共通していた中身は次の事。宴席は出席者のスピーチがメインなので自分が話すことを予め準備をして臨むのが普通なのだと。確かに舌鼓を打つ料理が並ぶわけないし、アルコールも常に口にしているビールかワインだからさもあろう。

甥の結婚披露宴での私のスピーチは勿論事前に準備して語ったもの。「夢と目標」はとかく漠とした概念だから具体的にどの辺りを目指すべきかを敢えて付け加えた。新郎の叔父の立場で〝先生〟だから〝後生〟に対して具体的に掘り下げた話をした。そして若者を意識して語ったのがアメリカ大陸横断７１０３㎞の件。予想通り単身大陸横断ドライブの話は若い人達にはインパクトが有った。

一方、妻と死別した件は、慣習・前例に照らして忌むべき言葉・話題。高齢者には不評だったに違いない。宴が終わって帰りがけに従弟が私に囁いた。「貴兄のスピーチは高齢者にこそ聞かせたかったのでは」実はその通り。

2

〔祝辞〕工藤治夫氏、叙勲「旭日双光章」受賞祝賀会で御祝いのスピーチ

工藤治夫氏は平成29年度春の叙勲で「旭日双光章」の栄誉に輝き、5月11日の皇居豊明殿での伝達式のあと天皇陛下の拝謁の栄に浴した。

氏は工藤電機株式会社取締役会長（本社仙台市太白区）で、会社は加速器や超電導磁石等に用いられる直流電源装置を開発し、高安定高精度を実現した製品を国内外の研究機関に広く提供している。

更に氏は宮城県内製造業振興のための社団法人みやぎ工業会の活動でも中核的な役割を担ってきたほか、子供達の理科離れに歯止めを掛け、モノづくりに好奇心を持たせるためのボランティア活動でも先導的な役割を果たしながら現在に至っている。

7月13日の仙台市内ホテルでの祝賀会に出席可能かどうか電話で連絡を受けた時は一瞬躊躇した。私の膀胱癌治療の第3クールを翌週に控えた時期だったからだ。そして翌日の医師との応接結果を踏まえ私は出席する旨を回答した。

工藤氏には長年に亘り工業振興行政の推進に知恵を出して頂いたこと、そして祝賀会発起

人代表が産学官の私的な集まりである「此れまでと此れからの会」（常任幹事：佐藤尚洋氏と私。居酒屋で近況等を語る会）のレギュラーメンバーである佐藤徹雄氏（新東北化学工業株式会社取締役会長）であることも出席を決めた事由。私は過去に工藤氏との間で実際に有ったことを語った。

〈祝辞〉

工藤治夫さん&奥様、このたびの受賞、まことにオメデトウ御座いました。心から御喜び申し上げます。

振り返れば工藤さんには「宮城県工業技術センター」そして「宮城県産業技術総合センター」の拡充に向けて長年に亘りお力添え頂いたわけで本当に有難う御座いました。更にまた私が関わった範囲では泉パークタウンにある「21世紀プラザ」でもサポーターになって頂き、重ね重ねアリガトウございました。

さて、工藤さんにお会いすると、私は渡辺眞先生（故人、日立製作所技師長、東北大工学部教授）を想い出すんですね。そこで今日は「21世紀プラザ」を舞台にして、工藤さんと渡辺眞先生に焦点を当て、3分間スピーチさせて頂きます。

2 〔祝辞〕工藤治夫氏、叙勲「旭日双光章」受賞祝賀会で御祝いのスピーチ

先ず「21世紀プラザ」（21世紀プラザ研究センター）の正体は何なのか？　その実態は資本金35億円の第三セクター株式会社テクノプラザみやぎです。毎年6月は総会で工藤さんもよく出席されておりました。というより「カラスの鳴かない日はあっても」工藤さんが総会に出席しない日は無かったし、工藤さんが総会で発言しない日も無かった㈶。

何故私がそこまで言えるのか？　……私は只今76歳ですが、実は60歳から65歳迄の6年間㈱テクノプラザみやぎの専務取締役を仰せつかっていました。ということは6年間に亘って総会での工藤さんの〝剛速球〟を先ずは私が受け止めて、押し返す、説明する立場だった㈶。そして最後はいつも社長が登壇して答えるというパターン㈶。

当時は渡辺眞先生も「キーパーソン」として㈱テクノプラザみやぎにいらっしゃいました。或る年、総会が無事に終わった時、眞先生が私の肩を叩いて「髙橋君、今日の総会も、工藤さんのエキサイティングなスピードボールで〝お祭り〟のように盛り上がって良かったじゃない！」と例のニコニコ顔で仰ったのです。渡辺眞先生と言えば『〝モノづくり〟と〝お祭り〟の無い民族は滅びる』が口癖でした。

そこで結論です。工藤さん！　これからも〝モノづくり〟と〝お祭り〟の「2本立て」でこれまで同様に、いろんな場面で盛大に応援歌を歌い、力強く旗振りをして下さいますように。そのことを御願いして、御祝いのスピーチに代えさせて頂きます。本当にオメデトウ御座いました。有難うございました。㈿㈶

2017年7月13日

3 〔追悼文〕澤昭裕氏（享年58歳、一橋大経済、通産省）、追悼文集への寄稿

澤昭裕氏は2016年1月16日に膵臓癌で亡くなった。享年58歳。一橋大経済学部卒で1981年に通商産業省（現経済産業省）に入り工業技術院人事課長、環境政策課長、資源エネルギー庁資源燃料部政策課長、東京大学先端科学技術研究センター教授、経団連21世紀政策研究所研究主幹を務め、原子力政策や温暖化交渉など幅広い分野で政策提言。氏の晩年はエネルギー政策の論客として注目された。

氏は1995年4月から1997年6月まで宮城県庁に出向され宮城県商工労働部次長を務めた。本省に戻られてからもしばしば仙台に来られた。県庁内会議室で職員を前に講話された時は私も質問したが、氏の身振り手振りを交えて答えた姿が今も脳裏に鮮やかである。

氏の宮城県での多彩な活動を思い起こし描き出して「追悼集」として刊行したいので寄稿して欲しいとの依頼が、現役リタイア10年経過の75歳の私にもあった。2016年1月に呼びかけられた「澤 昭裕 追悼集」の制作である。制作企画発起人は川村志厚（代表）、菊池隆雄、針生英一、間庭洋、横山英子、吉田祐幸の各氏。私の場合は、氏との交わりが多かったとは言

えないが、霞が関に戻られてから1対1の「一期一会」の印象深い場面はあったので、急いでキーを叩き寄稿したのが次の追悼文である。

〈追悼文〉

「終曲は、第三楽章プレストで」

澤昭裕氏が宮城県商工労働部次長で居られた時、私は県の各部局そして関係団体の予算執行結果等を監査する部局にシフトしていました。従って澤氏が県に在任中の氏と私の接点は殆ど無かったのです。しかし氏がコーディネートし、産学官の議論を踏まえて策定された「産業振興アクションプラン」は、当然ながら監査する上でも必要な情報が満載で重宝しました。

個人的には私は昭和39年に県に入り工場誘致やモノづくり支援、更には工業試験場建設計画にも関わりました。ということで商工労働部勤務が長かったことから、当該アクションプランは策定途中の議論の様子も概略は耳に届いておりました。監査の関係者も当該プランの基本コンセプト、目指すべき方向、到達すべきゴール、さらには各プロジェクトの

3　〔追悼文〕澤昭裕氏（享年58歳、一橋大経済、通産省）、追悼文集への寄稿

5W1Hの概要把握に意を用いたことは申すまでもありません。

通産本省に戻った氏は工業技術院人事課長でした。あの頃の氏は、国研（国立研究機関）のミッションは〝研究〟である旨を声高に語り、精力的に旗振りしていたとの印象でした。都道府県工業技術センターのミッションが企業からの依頼で動き出す試験・研究であるなら、国研はリスクの高い、誰も手を付けていない分野での研究開発にシフトすることこそが、グローバル展開の中でのミッションだと私も感じていました。

さて澤昭裕氏との出会いで一番の想い出は、私が監査部局を離れ、宮城県産業技術総合センターの前身である宮城県工業技術センター所長で居た頃の一齣でした。上京した折にアポイントを取って、私は霞が関の工業技術院に氏を訪ねました。予想に反して人事課長室は大部屋ではなく広い個室で、応接ソファーも置かれていました。あの時、宮城のアクションプラン絡みで会話した中身は私のメモリーにはモウありません。コーヒーを頂きながらの最後は趣味の話だったと思います。立ち上がって課長室からおいとまする時、部屋の出口で澤氏が口にした一言が、忘れ得ぬ一言でした。

『とにかく「第三楽章プレスト」で頑張りましょうよ！』

この言葉だけが今でも脳裏にしっかりと刻まれています。おいとまの動きの中での一言で、歓談中の一言では無かったので「エ、何の事ですか？　第三楽章とは何ですか？」と聞くのも間が抜けていると思い聞き流したのです。人生の先達が説いています。『大事な

のは「こころ」です。しかしもっと大事なのは「ことば」です』と。

あの時、音楽で癒やされる辺りまで話が広がったかどうかも定かでありません。いつか機会があったら訊こうと思っていましたが、最早それも叶いません。しかし澤氏とイコールではないかもしれませんが『第三楽章プレスト』が何の事だったのか、私なりに具体的な事例で答えることは出来ます。そしてその答えは当たらずとも遠からずだと確信しています。

『ベートーベン・ピアノソナタ嬰ハ短調「月光」第三楽章（終曲）』

これが私の答えです。「とにかくお互いに頑張りましょう」を強調すべく『月光の曲／第三楽章』に言い換えたということでしょう。

実は私は学生時代からジャズが好きで、仲間とカラオケに行けば率先してスタンダードナンバーを歌います。しかしクラシック音楽は素人。それでも「癒やし」が欲しい時はジャズでなく、ショパンやリストやベートーベンのポピュラーなピアノ曲をBGM的に自室に流します。

澤さんのクラシック音楽への造詣云々はこの際問題ではありません。たとえクラシック音楽が苦手な人でも沢山の人が『ベートーベン「月光」』は耳にしているし、私も然りだろうと思って、澤さんは補足説明抜きで『第三楽章プレスト』と私に発したに違いありません。『澤さん如何でしょうか？　私の推論は間違いですか？』

3 〔追悼文〕澤昭裕氏（享年58歳、一橋大経済、通産省）、追悼文集への寄稿

ついでながら『月光』（月光の曲）の第一楽章は超有名で、静かに心の琴を叩き爪弾く感じだし、更に第二楽章からスピードが上がって、終曲の第三楽章はこれが「プレスト（きわめて速く）」だと言わんばかりの苛烈というか壮烈というべきか、凄まじい波動が伝わってきます。『月光』の第三楽章に触れた時の全身に染みわたるあの感じこそ、そして揺さぶられ高揚するものこそ「男」のパワーとロマンの象徴に思えます。畏敬すべき男の終曲だろうと思うのです。

以上、澤氏の突然の訃報に接した時、私の脳裏に浮かんだ事どもをザックバランに書き下しました。これをもって「追悼の言葉」とさせていただきます。心から御冥福をお祈り申し上げます。

合掌

２０１６年７月

「澤　昭裕　追悼集」

（追伸）

澤昭裕さん！　エネルギー問題等でテレビ討論に出演されていた貴男を何度かお見受けしま

した。澤さん！　貴男の人生は正に第三楽章プレスト人生とお見受けしました。それから偶然とは申せ、ベートーベンと殆ど変わらない享年にも驚かされました。どうぞ安らかにお眠り下さい。残躯天の赦すところ、私も己のPlanそしてDoに汗を流して参ります。勿論終曲は私の場合はプレストではありません。

澤昭裕さん、お世話になりました。本当にありがとうございました。

4

〔講話〕「アメリカの風に吹かれて」
終活の中での依頼プレゼン２０１５年版

２００６年6月、アントレプレナーを支援する株式会社テクノプラザみやぎの株主総会を最後に私は全ての公職を退いた。満65歳でのリタイアだった。そして同年6月30日付で次のような書簡を知人・友人に出した。

――この世に生を受けて六十有余年。でも振り返れば一瞬。まさに今、新たな方向に舵を切らねばならないターニングポイントに立つ自分を或る種の感慨を持って実感しております。さて、かねてお話ししていた通り、只今渡航の準備を鋭意進めております。中長期の海外滞在も可能な「時間」が、やっと自分のものになったというわけです。過日アメリカ大使館に赴き一年間のF－1語学留学ビザも取得することが出来ました。更にこの機会に語学研修の仕上げも兼ねて、アメリカ大陸横断ドライブにもトライ致します。自分の来し方を振り返りながらアメリカで一年間過ごそうというわけです。この機会を与えて下さったことに感謝しながら、まもなく私はアメリカに旅立ちます。留守中、何かと礼を失することも有ろうかとは思いますが、悪しからず御了承下さいますように。先ずは今日まで御交誼を頂いたことについて、心から御礼申し上げます。有難う御座いました。――

米大陸横断単身ドライブは未知の体験であり何がしかのリスクも伴うことから不言実行でトライした方が良いかなと考えたが、いささか期間が長いことから有言実行に切り替え前記の書簡を送ったというわけ。更に知人・友人に宣言することで不退転のトライに自らを追い込む道を選択した。そして沢山の励ましを頂きながら２００６年９月９日に勇躍アメリカに渡り、語学留学と、実走行距離７０００㎞を超えた大陸横断一人旅も無事に済ませ、２００７年９月８日に帰国した。

実は大陸横断レンタカードライブは50歳辺りからの妻とのコーヒータイムのテーマだった。妻は初めのうちは尻込みしていた。しかし私（27歳で免許取得）より5年も早い運転免許取得（妻は22歳で免許取得）で間違いなく私より運転は上手かった。であれば二人でトライすれば「楽勝」だと私が説得したことで妻が折れ、定年退職を機にアメリカ大陸横断ドライブにトライすることを、妻も楽しみにするようになった。しかし私の退職を待たずに妻は乳癌で倒れて私が57歳の時に逝去。享年53歳。序でながら、この時長女は24歳で会社勤め、長男は21歳で未だ学生だった。そして私が60歳の時、子供二人は相次いで結婚したことから、それ以後15年間、私は独り暮らしを余儀なくされたのである。

定年退職後に語学留学で即アメリカに渡ることについて妻も了解していたが、併せて大陸横断ドライブを単身で敢行すべきかどうか少なからず迷ったことを白状しなければならない。結局、『やって失敗して後悔するより、やらなかったことを後悔することの方が心の傷は深い』と結論し、留学と横断ドライブの二本立てに舵を切ったのである。更に自らの行動を総括すべく『65歳で語学留学、66歳のルート66』の標題で四六判の本を出版した。それは私と一緒にアメリカ大陸横断に想いを馳せつつも果たせなかった亡き妻に送り届ける一冊でもあった。

「お父さん、『河北新報』にお父さんのことが載っているよ！」

休日とて未だ布団の中でウツラウツラの私への、結婚して子供二人を持つ長女からの何時になく甲高い電話の声だった。急いで玄関脇の郵便受けから取り出して捲った新聞に私も驚いた。何と２００９年1月12日㈪成人の日、『河北新報』の読書・文化欄トップに「米国生活と大陸横断記」のタイトルで六段に亘って拙著が紹介されている。あの日の晩酌の旨かったこと。

この日を境に方々から講話を依頼された。となるとヨセミテ国立公園やグランドキャニオン等を口だけで語ってもショウガナイ。パワーポイントでの写真入りのプレゼンテーションだ。例えば２００９年4月と翌年の4月に宮城県公務研修所で１００名を超える県庁新入職員を前に「講話・夢に向かって」と題して90分プレゼンテーションした記憶は今も鮮やかである。実は２０１１年4月も予定されていたが東日本大震災（２０１１年3月11日）の余波で新入職員研修自体が延期になり、私の登壇もなかった。

企業、ＮＰＯ、官公庁、学校、さらには地域コミュニティー、各種サークルからの依頼は２０１１年３月の大震災で一段落したが、２０１５年辺りから再びアメリカを語ってくれとの要請も舞い込んだ。しかし２０１４年以降は「イギリス一人旅」のプレゼン要請が主流になったがそれは別の章でふれることにしたい。

次頁以降に掲げたパワーポイント画面は２０１５年に依頼により使用した画面である。20画面のうちの幾つかについてプレゼンテーションで語ったことを39頁以降に若干付記している。

アメリカの風に吹かれて

Riding the American Breeze

ー語学留学＆米大陸横断単身ドライブ ー

(2006年9月9日～2007年9月8日)

2015　高橋信哉

感謝！
東日本大震災
復旧支援

#1 霧の町サンフランシスコ　in 2006

♪　I left my heart in San Francisco.　♪

国際観光都市
国際空港3600m以下4本
夏冷涼・冬温暖　etc.

Golden Gate Bridge
タワー2本：227m
全長：約3,000m
橋高さ：約70m
31回

ハネムーンの旅へ出発

#2 サンフランシスコ　滞在11カ月　in 2006

◎ビザ取得

自分探しの一人旅

＊面接　at 米大使館　(6/29/2006)
東京/赤坂

"Why, San Francisco？"

"Ok,　2006/9/9～2007/9/8"

テレグラフヒルから中心部を望む

夢＆目標
定年退職したら迷わず即
① 語学留学
② 米大陸横断ドライブ
SFからNYへ

＊ホームステイ　留意点

#3 ヨセミテ国立公園　in 2007

#4 英語授業（2006/9/11～2007/8/10）

ESL学校（inSF）⇒月～金、25時間/週、11カ月

ある日のクラスメート

①読
②書
③聞
④話

＜テーマ＞
経済、歴史、宗教、
戦争、差別、移住、
温暖化、環境汚染、
犯罪、ホームレス他

授業＝Discussion → I think that～, I feel about～,
＊流暢 よりも話の中身 ！

#5 授業の例：プレゼンテーション

私は仏・女子学生と共同作業　in 2007

修了要件(20時間、最終日プレゼン)
2人1組
30分プレゼン（10分 Q&A）
画面 1枚目
質疑応答 10分

パワーポイント必須

画面 10枚目
（画面作成は私）

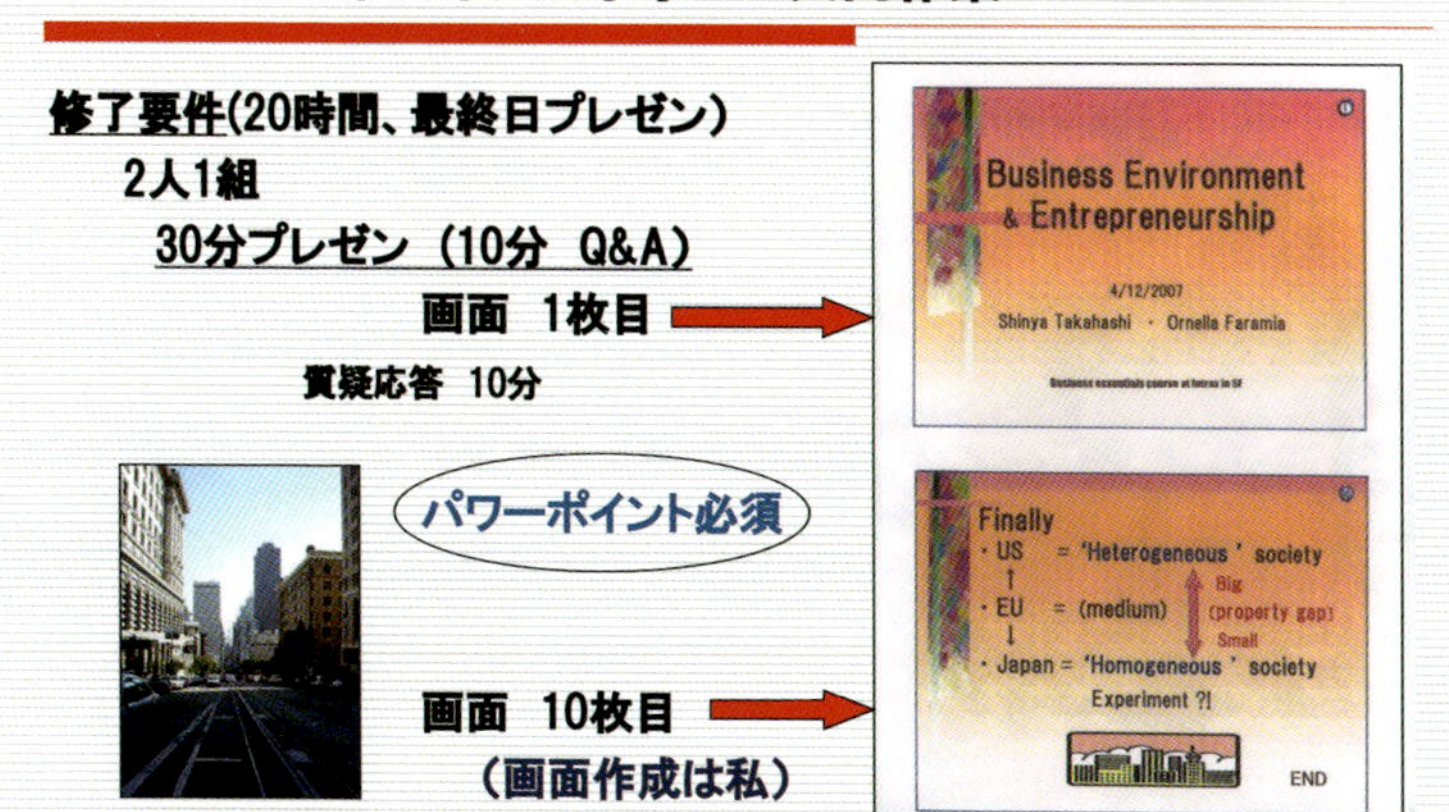

#6 サンフランシスコ 光と影

犯罪（殺人事件死者）

2005年：95人

2006年：85人

ホームレス

2006年：6,248人

2007年：6,377人

トランスアメリカ・ピラミッド（48F/260m）

SF 金融街 →

経済力 SF ＝117k㎡、75万人 GDP〔30兆円〕
仙台＝784k㎡、103万人 GDP〔4.3兆円〕

#7 略歴 （“終活” 分）

〖◎ 1941/1 宮城県大崎市生まれ → 2006/6 宮城県庁退職 （65歳）〗

\# 2006/9～2007/9 米国渡航
米大陸横断一人旅 1カ月 7103km

\# 2010/4～2013/3 町内会長(200世帯)
＊ 2011・3・11 東日本大震災

\# 2013/6～2013/10 英国渡航
英国本島一人旅

著書(ISBN)

① 2008『65歳で語学留学、66歳のルート66』
② 2010『Riding the American Breeze』
③ 2014『グレイトブリテン一人旅』

#8 *Ex. "Patriotism"* *(Social Solidarity)*

Barbecue party

San Francisco

Cable-car

Stars and stripes & National Anthem

♪ Oh, say can you see,
by the dawn's early light
What so proudly we hailed
at the twilight's last gleaming? ♪

'All Star Game' 7/10/2007 in SF '

#9 *For the Vitality of the US*

Ask not what your country can do for you.

Ask what you can do for your country !

John F. Kennedy

The inaugural address of the 35th president in 1961.

Japan Town

第35代 米大統領 就任演説 （私が大学1年の時）

◎「こころ」&「ことば」

#10 アリゾナ・ユタ・コロラド 国立公園群

in 2007

ブライスキャニオン

グレンウッド・スプリングス

ここは地球以外の惑星の湖？

レークパウエル

温泉大プール

#11 私のルート66　大陸横断一人旅

2007/8/11～2007/9/3　約7,000km

ボルボXC70

R-66は、現在は歴史的道路として一部の州に残るのみ。私はイリノイ州で走った。

＊現役50歳での構想＝私(運転/中＋英語)＆妻(運転/上)→ 楽勝 but

やって失敗して後悔するより、
やらなかったことを後悔することの方が
ダメージは大きい、心の傷は深い

#12 大陸横断/事前の準備＝2点

＊国際運転免許証（県運転免許センター）　有効1年！

申請・発給:2006/9/7 ⇒ 2006/9/9出国
2007/9/8帰国

SF

＊レンタカーは殆どアメ車！

車線乗り換え時 注意！

①自動車学校 :2時間 ×6日＝12時間($160/日)
右側走行
左ハンドル(ウインカー・ワイパー 逆)

②AAA会員登録 （日本はJAF）

#13 グランドキャニオン ＆モニュメントバレー

in 2007

世界遺産

不思議な空間 、別の惑星 ！

グランドキャニオン
南北方向16～20km、東西方向は地平線。
2000mの大地から落差1400mの東西に長い大峡谷を見下ろす。

モニュメントバレー
赤茶けた広大な平原に、様々なビュート(弧立丘)が並ぶアメリカの原風景。先住民族ナバホ族の聖なる台地。

#14Arches (UT)、Lake Powell (AZ) 、Aspen(CO)

in 2007

アーチーズ

此処は地球ではない ！

デリケートアーチ

←ユタ州のシンボル
2000以上有るアーチ
の中で贅肉を落とし
た端正なアーチ。

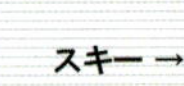

アスペン

#15 実行 Plan-Do-See

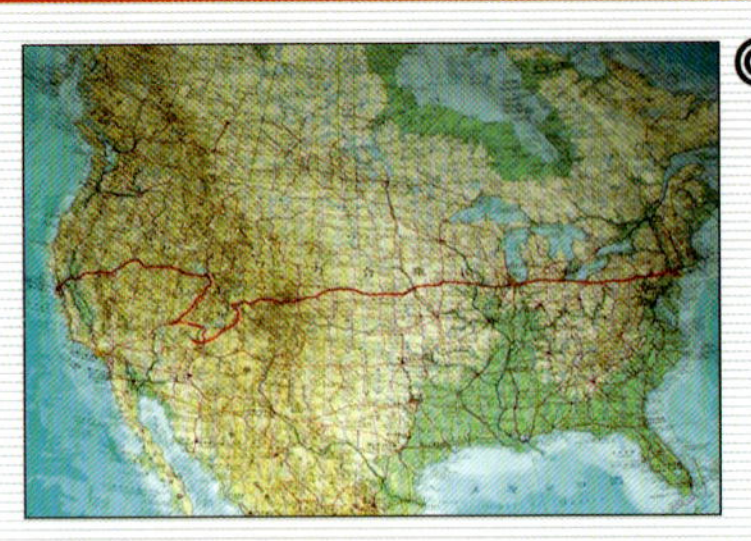

◎想定した走行距離

約7,000km（仙台⇔シンガポール）

グレンウッド・スプリングス ↓

世界最大/温水プール

サンフランシスコ → ニューヨーク

R-80、ソルトレイク、R-15、アリゾナ、
グランドキャニオン、モニュメントバレー
ロッキー峠、大平原、シカゴ、五大湖 経由

#16 大平原 Colorado ⇔ Illinois（東西約1700km）

in 2007

ロッキー峠(海抜3252m)

18輪車は大変

Denver 経由

ex.直線道路 127km 睡魔注意！

大平原（37万km²） 日本と同じ面積

＊映画 ‘北北西に進路を取れ’（1959年）ケーリー・グラントが指定された大平原のトウモロコシ畑の十字路で待っていたら、複葉の軽飛行機が飛来し突然機銃掃射を始めた。間一髪主人公はトウモロコシ畑に転がり込んで難をまぬがれた。（舞台：大平原＝トウモロコシ畑）

Chicago

#17 ニューヨーク 大陸横断ゴール in 2007

9/3（労働者の日）/2007 10:55a.m.

J・F・Kennedy国際空港到着

実走行距離 7,103Km

＊ところでA君の場合 ！

日立製作所 技術士 渡航歴115回
著書：専門書 12冊（ISBN）
ジャズ・トランペット R-90大陸横断
70歳以降 バーモント州美術館/4回
65歳でシカゴに「蝉」だけを見に行った？！
奥様とウィーンフィルNew Year Connsert 2回

Surprise！

NewYork
Manhattan

アセラエクスプレス（NY→WDC）

餞別 ‘祝 壮途’ 10万円也。

#18 アメリカ1年の締め括り→本出版

その1
'65歳で語学留学、66歳のルート66' （2008/10。ISBN）

その2（英語版）
'Riding the American Breeze' （2010/8。ISBN）

ホワイトハウス（ワシントンモニュメントより）

R-66 （イリノイ州）

＊絶版の場合は国立国会図書館から借り出すこと可（公立図書館へ申請要）

#19 '終活' を デザイン する

夢＆目標こそは生きる力　（現役組 ：目標の1つ = 組織目標）

① 定年退職＝生前葬は寂し過ぎる
② リタイア～本葬の行動＝「終活」
③ ハードル高いが実現可能性有りで
④ Plan Do Seeで 慎重に丁寧に

完

（付記）

＃1　毎日曜日の午前は安上がりの健康法でゴールデンゲートブリッジでのウォーキング。所用時間は往復1時間。結局サンフランシスコ滞在中に31往復。ゴールデンゲートブリッジは知る人ぞ知る自殺の名所。年間平均20人が海面からの高さ約70ｍの橋の上からダイビング。

自殺防止用のフェンスの必要性が新聞投書欄に時折載るが誰も無視。かかる意見は軽蔑の対象みたい。これもアメリカ。霧の濃い日曜日の朝のウォーキングで自転車で近づいてきた警察官から職務質問3回。私の出で立ちも地味すぎた。自殺するかもの疑いを掛けられたのは間違いない。

＃2　65歳の時、ビザ取得のため２００６年6月に米大使館に赴いた。生まれて初めての体験。２００1年9月11日の旧ワールド・トレードセンターへの旅客機突入テロ事件の余韻が残る中、ビザ申請書類は19枚、小学校が何処だったかも書かされた。米大使館内で書記官と向かい合った際の質問の一つが何故サンフランシスコなのか？

「仙台の隣がサンフランシスコだからです」

両都市とも北緯38度で太平洋を挟んで向かい合っていることを踏まえた親父ギャグ。書記官殿「グッド。グレイト！」彼の笑顔が今も鮮やかだ。

＃5　想い出深い授業の一つが、フランスの女子学生と2人で学生達の前で30分間のパワーポイントプレゼンをしたこと。２００７年の春。９組18名の中で我々は一発で「ＯＫ！」。教室を出るや否や余程嬉しかったのか彼女が私をハグ。

＃6　殺人事件の死者は年間約90人。新聞報道は殆どなし。一方、サンフランシスコ（人口75万人）の経済はＧＤＰ30兆円。仙台（人口１００万人超）のＧＤＰ４・３兆円。

＃8　プロ野球大リーグのサンフランシスコ・スタジアムでは試合開始前に女子高校生の独唱に合わせて全員起立し脱帽し、アメリカ国歌を斉唱。内野スタンドの私の隣の親父さんが、震え声で涙を流して歌っていた。これもアメリカ。
同球場での２００７年のオールスター・ゲームでイチロー選手がランニングホームランでＭＶＰ。大リーグのオールスター・ゲームでランニングホームランは初めてだったとか。日本では聞いたことないなー。

＃9　第35代アメリカ大統領ジョン・Ｆ・ケネディの就任演説は全国民を奮い立たせた。あの時、大学1年生だった私もグッときた。誰でも知っている言葉だけどケネディは全国民にギャップ無しに等しく伝わる「ことば」を使ったという事だね。

「アメリカが自分の為に何をしてくれるのかではなく、自分がアメリカの為に何が出来るのかを考えよう」。大事なのは「こころ」だが、もっと大事なのは「ことば」なのだ。

代わって第45代アメリカ大統領の就任演説は、座標軸がアメリカ第一主義の損得勘定。感動は無かった。グローバル化に背を向け、ナショナリズムを超刺激し、一部白人ポピュリズムにすり寄り、結果として国民分断に拍車をかけた。２０１６～２０１７年は「ブレグジット」と「米大統領選」で全世界が揺れた。でも「地震動・震度階」の比較で前者イギリスは、後者アメリカの比では無かった。アメリカファーストは米大統領が言っては駄目だと思う。ガキ大将じゃないのだから。

＃11　当初、現役リタイア後の大陸横断ドライブは妻と2人で楽勝の筈だった。しかし妻は私が57歳の時に癌で他界（享年53歳）。運転は妻の方が上手かったので楽勝だと思っていたが私1人では些か不安。大陸横断は止めようかと思ったが、「やって失敗して後悔するより、やらなかったことを後悔することの方がダメージは大きい、心の傷は深い！」と気を取り直し、66歳で単身大陸横断ドライブを敢行。

＃15　サンフランシスコからR80でソルトレイクへ、R15でアリゾナ州に南下、グランドキャニオンはじめ国立公園群を回ってロッキー山脈越えをしたこと等でニューヨーク迄の実走行距離は７１０３㎞だった。約仙台からシンガポールまでの距離。

＃17　親友A君の餞別10万円には驚いてしまった。熨斗袋の表は〝祝・壮途〟。池波正太郎の「男の財布」とはこういうことだと思う。彼は私と千葉工業大学の同期。工業経営学科。卒業証書授与の総代。学生時代はジャズバンドのトランペットで定評。日立製作所に入った技術士。著書はＩＳＢＮ12冊。50代の時Ｒ90（カナダ国境沿い）で東海岸から西海岸へ単身レンタカーで米大陸横断した男。海外での日立関連工場の立ち上げ等にも長期に関わったので、仕事と遊びで海外渡航歴１１５回。例えば65歳の時に17年周期の大発生「蟬」を見るためだけに成田・シカゴを往復した男。70歳でバーモント州のベニントン美術館に計4回往復etc.。ウィーンフィルのニューイヤーズ・イブ＆ニューイヤー・コンサートに奥様と2回も行ったかな。彼の「終活」も刺激的で半端じゃない。彼は茨城県那珂市の住人福田拓生氏です。

＃18　ＩＳＢＮを取得したことで、出版社経由で読後感・感想文の類いが私の手許に入ってくる。総じて女性のそれは共感性が高いから長い。男性のそれは短い。いずれも私のカンフル剤になってきた。

＃19　現役リタイア時点は人生の転換期。〝生前葬〟と例える人もいる。私は「夢＆目標」が生きる力。ハードルは高いが実現可能性は低くない辺りを目標にして、リスクあるからPlan Do Seeで進めてきた。一番大事なのは兎に角Do！　そしてSeeは例えば本の出版である。本の出版もリスクが有るし且つ体力勝負です。御静聴ありがとう御座いました。

5 〔手紙〕終活の中で差し上げた渾身のラブレター

２００６年6月の第三セクター株式会社テクノプラザみやぎ株主総会を最後に、私は全ての公務を辞し、同年９月９日午後4時発ユナイテッド航空８５２便で成田を後にした。自分中心の単身アメリカ滞在1年プロジェクトのスタート。

９月９日午前９時にサンフランシスコに降り立ち、早速向かったのが語学留学の11カ月間お世話になるホームステイ先。サウスバンネス通りの、ビクトリア建築様式4階建ての堂々たる建物だった。

ホストファミリーは夫婦と大学生の子供1人。そしてドイツ人留学生5人とタイ人２人が下宿していた。但し朝夕の食事付きは私だけ。ドイツ人5人は修士課程で時間不規則で殆ど寝泊まりだけのように見える。タイ人２人は同棲カップルで男性は調理の勉強に来ているようだ。女性は私と同じ語学学校に通っている。彼等は自炊だった。

初日の9月9日午後7時から、私の歓迎パーティーが鉄柵と隣家の壁で囲まれた70坪程の中庭で開かれた。タイ人２人が調理当番らしいバーベキューパーティーが、時間になっても全員揃わない中でスタートした。司会進行の一言もなしに主催者挨拶も無いまま、ビールやワイン片手に勝手に始まったのには予想はしていたが驚いた。礼儀作法にうるさい日本の文化とは完璧に違う。これが彼等の極普通のスタイルである。

ドイツ人5人のうち女子学生が2人。明らかに年長の女子学生に私は声をかけた。そして彼女に対して、最初に発した私の言葉が全ての始まりだった。

Would you do me a favor?

主題に入る前に4階建て家屋の構成と住人を記せば次のとおり。1階がタイ人カップルとドイツ人男子学生2人。2階がドイツ人女子学生と私。3階がドイツ人男子とドイツ人女子学生で全て個室。ホストファミリーの居住空間は2階と3階で、2階に共用食堂と共用シャワー室。トイレは各階に1〜2カ所。4階は広い板張りの広間と収納スペースで、広間には大画面のテレビが置かれ、我々留学生の交流スペース、且つ奥様はラテン系ダンスがお好きみたいで、地域コミュニティーの同好の中高年男女10人超が時折集まって賑やかに踊り騒ぐスペース。此処は完璧に外国なのだ。

最初に私が声を掛けたドイツ人の彼女はサンフランシスコ大学で文化人類学専攻の修士課程2年目でレネー・ゼルウィガー風の個性的な美人さん。家に居る時間の一番長いのが宿題満載の私で、次が論文作成で忙しい彼女。他はタイ人カップルを除けば留守が多い。必然的に共用食堂や4階広間でドイツ人の彼女と語る機会が一番多かった。彼女には私の宿題の英作文をチェックしてもらったり、私のパソコンがトラブった時に助けてもらったりした。私が持参した扇子の1本を彼女にプレゼントしたことは言うまでもない。

彼女とのチャットでシッカリと記憶に残っている、そして何となく嬉しかったのは次の会話だった。

『ドイツ北隣のスウェーデンの大学教科書は、スウェーデン語でなく殆ど英語で書かれているけど、日本の場合は全て日本語なのだから素晴らしい。日本語だけで大学を卒業し、不自由なく人生を送れることは本当に素晴らしい。アナタの英語も遊びだから、あまり根を詰めないように。体を壊さないように』

スウェーデン教科書の件は私も知っていたが、バルト海を挟んで向かい合っている国のインテリ女性から直接聞かされるとやはりくすぐったい気分。そして彼女が言うには、何とも可笑しかったのが私の最初の質問だったという。

Would you do me a favor?

何かを頼みたいと言っておきながら、もっぱらドイツの何処から来たかとか、何故サンフランシスコに居るかとか、あげくは日本人である自分の生まれ・育ち・経歴を語るだけだったので何とも可笑しかったと言った。実は私の質問は「私に好意を持って、何かと助けて頂けますか?」くらいの意味で発した挨拶の気分だったのである。私のスキル不足の為せる業。

私のプロジェクトは、2007年8月10日に11カ月間の語学学校卒業、翌8月11日にはサンフランシスコを離れ、レンタカーでニューヨークまでの大陸横断一人旅に舵を切る事だった。

忘れ得ぬ出来事はサンフランシスコを後にする数日前の夜に起こった。

ホストファミリーはオレゴン州ポートランドからシアトル方面へキャンプとドライブのサマーヴァケーション。その日はタイ人カップルも、そして彼女を除いたドイツ人学生も留守。家の中に籠もっているのは相変わらず論文作成に忙しい彼女と私だけ。

夕方、シャワーを使おうとシャワールームの前に立ったら先客が居る。防音がシッカリしているから音は小さいが、勿論中に居るのは彼女である。知己の仲なので私は何気なくドア越しに声を掛けた。大きい家にアナタ1人だけ居るわけではないから安心しなさいくらいの軽い声掛けだった。

「後どれくらいで終わりますか？」

次の瞬間、彼女の答えにドッキリ。後で振り返って私の質問も変だった。

Why don't you come in?

一瞬顔がこわばるのが解った。チョット迷ったが、マー此れも未知体験。気を取り直して静かにドアを押した。脱衣コーナーには明らかに女性のそれが重なっている。そして湯気で曇ってはいるがガラス戸のむこうに見えるのはシャワーに身を任せている若い女、紛れもない裸の女性の後ろ姿。

シャワールームは当然ながら中でロック出来る。何故あの時に限って簡単にドアが開いたのだろうと後で思ったが、マー過ぎたこと。

出発の前夜8月10日の夜、帰宅は遅いと語っていた彼女の3階のドア入り口に立ち、ドアと床の隙間から一通の封筒を差し入れた。

翌朝、私の荷物を玄関前に置いて、2階食堂で軽い朝食を頂いた。9時に自室のドアを押した。彼女が笑顔でそこに立っていた。彼女が言った。

Take care, . . .

1階玄関の外には予約しておいたタクシーが待っている。レンタカー会社ハーツ営業所までだ。タクシーに乗り込んだ時に見送ったのはホストファミリーの御夫婦だけだった。前夜、彼女に差し上げた手紙は次の通り。

〈手紙〉

October　10th　2007

Dear　○○○○○

Thanks for everything. Due to your kindness, support, and sympathy, I was able to have a splendid period in San Francisco for an eleven month. Also I wouldn’t forever forget about what I’ve had a good time with you. Moreover, I have to pay my respect to your figure of the cordial aim and effort.

Don't ever give up, please. If I have my wishes realized, I'll look forward to seeing you someday.
Thank you very much indeed, again.　SAYONARA

Sincerely yours

Shinya Takahashi

『何かと有難う御座いました。アナタの親切、サポート、そして思い遣りで、私は11カ月間に亘りサンフランシスコで素晴らしい時を持つことが出来ました。そしてアナタと一緒の時間を持てたことを私は忘れることは無いでしょう。私はアナタの目標に向けて努力する姿に敬意を表さなければなりません。どうぞガンバッテ下さい。叶う事なら、いつかお会いできることを楽しみにしております。重ね重ね本当に有難う御座いました。さようなら』

学校の授業も然りだが、何とも刺激的なサンフランシスコでの11カ月。〝終活〟の行動は程々にエキサイティングであるべきだと思う。自分の為にもそして〝後生〟の為にも。

6 〔手紙〕拙著の読後感を長文で送ってきた関西の女性へ 御礼状

拙著の読者からの感想文が、出版社経由で送られてきた。関西の女性からの長文の感想文である。御自分も語学留学の経験が有るようで、ケンブリッジでの語学留学を綴った拙著『グレイトブリテン一人旅』（２０１４年、東京図書出版）を通読されたようだ。自分の留学体験と比較し興味を持ったに違いない。

更に拙著『65歳で語学留学、66歳のルート66』（２００８年、日本図書刊行会）にも目を通すべく行動されたことに少なからず驚いた。それは既に絶版だ。インターネット上で探しても手に入り難い。勿論ＩＳＢＮ版だから国立国会図書館から借り受けることは可能だ。しかし手続きは簡単ではない。借りて自宅に持ち帰ることは不可。閲覧期間にも制約がある。それらを厭わず関西の女性が私の絶版本にアクセスしたのだから私の感激もひとしおである。

〈手紙〉

拙著『65歳で語学留学、66歳のルート66』を国立国会図書館から借りて読まれたようで有難うございました。この本は既に絶版です。インターネットの図書購入サイトで若干流通していましたが、最近では御目にかからなくなりました。さて、様々な方から所感・書評を頂き、それが私のカンフル剤になっていますが、国立国会図書館までアクセスされた方は私の知る範囲ではアナタ様が2人目。その求める心に敬意を表します。本当にありがとう御座いました。

ノンフィクション出版は、筆者の個人情報が殆どあからさまになるので、私に関しては概略御承知の通りです。定年退職後の「遊び」でこれまで3冊出版しました。「出版」を目指す場合かなりの体力勝負になるので、勝手なことを書けば先ずはＩＳＢＮを取れるかどうか。次に全国紙は無理でも地方の有力紙に紹介・書評が載れば上出来&最高。それは公立図書館に入るチャンス到来ということなので。幸い事前の取材無しで3冊中2冊が東北最大の『河北新報』に載りました。1冊目が新聞掲載された時の私の子供達の興奮が今も鮮やかです。

ノンフィクションの場合は最初に「はしがき」と「あとがき」に目を通し、次に「目次」を眺め、興味が湧いた章を読めば良いのだと先達から教わりました。アナタ様も同じような手法・スタイルだったでしょうか?(笑) そこで御推察の通り、只今『グレイトブリテン一人旅』の英語版に取り組んでおります。基本的に「遊び」で、目も弱くなってきたので、何よりも私の英語のスキル不足で思うように進みません。翻訳ソフトを使う手は有りますが、私自身のスキル向上にはイマイチなので県立・市立図書館に時々通いながらノンビリと進めています。

各種団体の依頼でパワーポイント・プレゼンテーションもやらせて頂いております。プレゼン時の配布資料を同封しますので例えば費用(一番多い質問)等も御参照ください。なお依頼者の求めに応じ本には書いてない常識的情報も同封したプレゼン資料には掲載しております。ここまで、いささか書き過ぎたかもしれませんね。御免なさい。寒さに向かう折から健康第一で御過ごし下さいますように。

草々

2015年12月

髙橋信哉

（付記）

ＩＳＢＮ図書であれば国立国会図書館の承認を受けた公立図書館に申し出て、当該図書館内での閲覧が可。図書は国立国会図書館から送られてくるので若干の日数が掛かる。外部への持ち出しは不可。

7 〔感想文〕森谷進伍氏（高校同級生、東大法科、運輸省）自分史への感想文

森谷進伍氏とは高校時代の3年間、奇しくも同じクラスだった。私も行政に身を置いたから、氏から頂いた自分史を一気に読み果たせた。私自身、自分史を上梓しようかと思った時期も有ったからだ。

森谷氏のそれは『随想　暦還りて』と題してハードカバー縦書きの重厚な装丁。行動範囲が立法府にも及んでいるから、私とは比べようもない重い世界で、その時々の緊張感がヒシヒシと伝わってきた。

他者の自分史を読む面白さは行間にこそある。そこに伏せられた著者の思いを自分の言葉で抜き出す作業は緊張を強いられることも確か。著者の心象風景にどこまで迫れたか自信はないが私なりにまとめた感想文は次の通り。

〈感想文〉

『随想　暦還りて』を拝読しました。最初に手に取ってハードカバーの立派な装丁に驚きました。頁をサッと捲ってカラー写真が実に綺麗で、貴兄の腕もさることながらズシリと重い高級一眼レフに違いないと思いました。

昭和39年に運輸省に入られて2年後には外務本省。まもなく在NY総領事館には4年も勤務された由。その後も活動の場が東京だけではなかったわけで貴兄自身も〝此れまで〟を振り返れば感慨ひとしおであろうと拝察しました。

私の場合は、昭和39年23歳で宮城県に奉職して59歳で勧奨退職するまで転勤はたったの1回だけ。即ち56～58歳の時の県工業技術センター所長2年間でやはり仙台市内。他は全て県庁舎の中だけでの異動。第2の職場2カ所も仙台市内でした。57歳の時に家内と死別しましたが、生前折に触れ言われたのは「皆さん結構転勤が多いのに……。1年でも良いから仙台以外で生活してみたいわねー！」It can't be helped.（笑）

さて貴兄の端正な文章に惹かれ一気に読みました。例えばNYでの丹羽運輸大臣一行のサポートをはじめとして、私の〝此れまで〟とは比べようもなく責任の重い変化の大きい現役時代であったことを改めて知ることが出来ました。更に奥様や御家族と海外でも種々楽しまれたようで、まさにエキサイティングな人生を歩まれたことが伝わって参りました。

7　〔感想文〕森谷進伍氏（高校同級生、東大法科、運輸省）自分史への感想文

せっかくの機会なので私の〝此れまで〟を思い起こしながら貴兄の〝航跡〟を私の独善的な興味で辿って参ります。私の〝此れから〟の行動・思考の糧にもなるので御容赦下さいますように。

①　屋久島の樹齢７２００年の縄文杉に驚きました。本格的に登山することでしか近寄れないのですね。宮之浦岳は「日本百名山」の一つですね。私の友人・知人のうち3人が利尻岳から宮之浦岳まで完全踏破しました。居酒屋で〝満願祝い会〟もしましたが樹齢７２００年は聞き覚えがないので次の機会に感想を訊いてみようと思います。紀元杉を前にして「われわれの生きるたかだか百年足らずの期間など歯牙にもかけぬ泰然たる姿……」とありましたが、然らば私はいつ、どこで同じような感動を覚えたろうと反省してしまいました。

②　西国33カ所観音霊場めぐりは大阪に勤務されていた時に回られたのですね。満願まで約1年。近畿海運局におられた時、22回の週末を充てた由。時には雨にけぶる古刹を見つめながら深呼吸されたのでしょう。貴兄の心象風景が、そこはかとなく伝わって参りました。

③　坂東三十三カ所観音霊場めぐりは五年をかけて満願されたのですね。貴兄のそれは併せて名所旧跡をまわり、その土地の人情の機微にも触れよう、勿論その土地の旨いものも食しようという札所めぐり。即ち霊場札所はもとより、かなり広範囲な情報収集に時間を掛けたトライだったのですね。自分を取り巻く現実の環境に「かたよらず」「とらわれず」「こだわらず」に前に進む為に、非日常を自ら演出する「形」を学んだような気がしました。札所では何がしかのお経を上げられたのですか。「般若心経」でしょうか。

④　47頁のとりわけ小学校から中学校にかけてのくだりは面白く読みました。中学1年生の時、貴兄は正義感から体格の良い、いじめっ子の男子と堂々と渡り合ったのですね。足払いで倒して出血させたとは何とも痛快でしたね（笑）。

私は小学校6年と中学校1年の時に、昼休み時間にクラスメートが輪になって観ている中で取っ組み合いの喧嘩をしました。原因は私が虐められたから。結果は1勝1敗。小学校の時は相手を泣かせましたが、中学1年の時は逆に泣かせられました。何せ相手は背が高くて最初から勝ち目が無かった。組み伏せられてしまったのです。痛いからではなく負けて悔しいから泣いたのです。

幸い彼はまもなく東京に転校したのでホッとしました。思春期の喧嘩の想い出はいつまでも憶えているものですね（笑）。

⑤ 根室保安部の巡視船「さろま」での貴兄の緊張と胸の高鳴りが伝わりました。各保安官の動きもよく分かりました。濃霧の中を擦れ違う2隻の巡視船の写真。「登舷礼」も分かりました。77頁のモノクロ写真は緊張感が伝わってきます。国境線の警備はピリピリした時間・空間なのだろうと改めて感じました。尖閣諸島は一触即発の感あり。巡視船乗組員の緊張感はイカばかり。

余談ですがイギリス一人旅の仕上げは軍港ポーツマスでした。比較的近い所に駆逐艦3隻接岸していました。直ぐにでも出撃できる雰囲気でした。英国も国境線等での通常警備は英海軍・軍艦ではないのですよね。

⑥ 「数字の魔力」は面白く読みました。「33という数字の世界に一旦足を踏み入れた以上、後戻りはきかない」「数の引力に身をゆだねながら33からより大きな数へと……」貴兄の心意気が伝わってきました。

⑦ 貴兄の長兄も東大だったのですね。書き残されたという回顧録「我が抑留記」を読ませて頂きました。私の伯父（享年37歳）も満州で終戦。ラーゲリ抑留生活3年

後に帰国し、結局栄養失調で古川の病院（旧市立病院）で亡くなりました。伯父から病室で所謂『暁に祈る』に似たような話を小学校2年生の時に聞いた覚えがあります。ドイツ将校捕虜の言動は日本人とは対照的だったくだりは興味深く読みました。締めの1行「回り道には違いないが、全く無駄な期間でもあるまいと、自らを慰めた……」は重いと感じました。

⑧ 佐藤一斎そしてサミュエル・ウルマンの詩も好きです。但し私は表面的に知っているだけ。著書を通して背景等を知ることが出来ました。後者は初めて英語で御目にかかりました。アリガトウございました。

最後に「四国霊場88カ所」も急がず慌てずトライする旨を目にしましたので余計な事かもと思いつつ、関連資料を同封致します。著書・上梓を祝い、高校時代の恩師が2番目に好きな中新田の御酒を贈ります。1番目に好きな銘柄は分かりません（笑）。健康第一で御過ごし下さいますように。本当に有難うございました。

草々

2016年12月23日

髙橋信哉

追伸

私の第2の職場はベンチャー起業を目指す人達を支援する組織でした。モノづくりに限らず様々な案件に複数で知恵を出し合うことから、時々ボランティアで私にも声が掛かります。例えば「自分史作り支援」の起業を考えている人もいらっしゃいます。頂いた著書も参考にしたいと思いました。重ね重ね有難うございました。

8

〈感想文〉カナダ人著書『運命を変える三カ月』読後感

２０１２年11月に友人から1冊の本を手渡された。ブルース・ウィットレッド著『運命を変える三カ月』である。著者はカナダ生まれで１９８６年に来日し、仙台に住み、英語教師として東北大学、宮城教育大学の教壇に立った。また英語教育教材の特許を持ち、教材販売会社も経営している。

本書は２０００年に３１００㎞の日本全国縦断マラソンを完走したことをベースに、夢に挑戦することとの意義を綴ったもの。Ａ５判で２７０頁だったが何となく私の感覚と似ているかもと感じ一気に読み通した。

友人からは読み終えたら感想を聞かせて欲しいと言われた。どうやら私の所感を〝後生〟にも伝えたいような雰囲気だった。そこで口頭で伝えても中途半端になるのでワンペーパーにまとめた読後感を添えて本を返却した。その読後感・感想文は次の通りである。

〈感想文〉

「夢は人生の羅針盤だ」という帯の一節は、まことに小気味よく此の著書にこそ当てはまる。日本国内をチマチマ動くだけなら「羅針盤」は必要ないが、氏の行動は大海原に漕ぎ出す地球規模の「航海」であり、そのあたりをイメージさせる上手いキャッチコピーだと思った。

人々の「夢」はそのライフスタイルで方向付けされるが、「夢」や「目標」が有れば成功するというわけでもない。しかし「夢」を持つことは、より積極的に生きる為の必須条件であり、人生を「春（青春）、夏（朱夏）、秋（白秋）、冬（玄冬）」と分ければ、とりわけ「青春」「朱夏」において「夢」に向かって船出していくことこそ「人生を生きる（live a life)」ということだ。言い換えればPlan Do SeeのDoこそが大事だと常々感じている。

各種事情により結果的には失敗するかもしれない。しかし、やって失敗して後悔するより、やらなかったことを後悔することの方が、ダメージは大きく心の傷は深いと思っている。

人生の「折り返し点」は50代であろう。そしてサラリーマンなら現役第一線をリタイアした時が「白秋」の出発点だ。私のそれは65歳から始まった。そして「白秋」以降も「夢」を持ち、それに向かってトライすることの意義は「青春」「朱夏」のそれと同じであり、すなわち人生後半も丁寧に、より良く「生きる」ということだと思っている。

特に「白秋」以降は「この道一筋」「趣味に生きる」をはじめ、6通りのライフスタイルによって「夢」が方向付けされると私は思っている。その辺りを私なりに整理したのが別添16画面のパワーポイント資料である（21世紀プラザや町内会イベント等でお喋りしたもの）。

私の公的な立場は、仙台市内・八木山地区の、ある住宅団地（200世帯）の「町内会長」で3年目だが、全市では1380人の町内会長がいるという。そして現に町内会長を務めていることに生きる意義を見出している方々も少なくない。私はそれを「奉仕貢献志向」と位置付けた。一方私は「未知体験志向」です。すなわち「御破算で願いましては」で、もっぱら自分本位で興味ある未知の事柄に羅針盤を向けていく「航海」です。

今、町内会長を次へバトンタッチすべく腐心中。未だ引き継ぎ相手が不明だが、2013年はグレイトブリテン（イングランド・ウェールズ・スコットランド）での「未知体験」（自主企画）が私の「夢」です。隠すほどのことも無いので計画の概要を添付します。「人生が天からの贈り物」なら、かつ「人生は物語」なら「面白い」物語にしたいという辺りが私の基本スタンスです。だからこの著書は一気に読めたし、著者は私と波長が合っているかもしれないと今感じています。最後に、実は10年も前になりますが㈶みやぎ産業振興機構で「ベンチャー支援」をしていた頃、氏を間接的に存じ上げていたことを付け加えておきます。

多くの人々に読まれることを願う1冊です。

草々

２０１２年12月12日

髙橋信哉

9 〔書簡〕集団的自衛権他に関し友人等にEメールした書簡7件

学生時代に知り合った私と同じ歳の東京の男性からEメール添付で書簡がきた。「集団的自衛権をどう考えていますか」の質問。学生時代は60年安保で、彼は学生会の広報副部長だったとか。国会前の安保反対デモに連日のように参加し、時には機動隊と揉み合い、学内ではノンポリ学生相手のアジテーターだったらしい。卒業時は上手く商社に就職。今は悠々自適の生活と想像していたがイヤに固い標題のメールだったので逆に興味を覚え目を通した。

どちらかと言えば賀状交換に留まってきた感じの友。それでも2015年秋に所用で上京した折、東京新橋で呑みながら数十年ぶりに懇談した仲である。切り口を変えて感ずるところを返信したのが書簡その1。書簡2～6は其の他の友人等からのEメールに返信したもの。いずれも枝葉抜きで結論に力点を置いたマサカリ流の書簡である。書簡その7は「自分探し」の一助になればとの思いから50歳に近い甥に送った手紙である。

〈書簡その１　集団的自衛権〉

貴兄は柔軟な思考をすると思っていた。でも憲法&集団的自衛権の感覚は恐ろしく固いね。個別的自衛権は認めるけど集団的自衛権は認めないという主張ですね。ということは日本の主権が侵される地域での武力行使はＯＫだけど其の場合も他国の力は借りないということですか？　日米安保も反対なら例えば外交努力も実を結ばなくて尖閣諸島で武力衝突が必至になっても日本だけで闘うのですか？　日本は海に囲まれているから独自に大艦隊を持つのですか（笑）。常に外交だけで解決を図るというのは言葉の遊びだね。大人の思考ではない。貴兄が総理大臣になったらヤレルのかもね（笑）。

驚いたのは、憲法第９条に照らせば段階的に自衛隊も縮小すべきだというわけですか。北朝鮮問題もマラッカ海峡もホルムズ海峡もペルシャ湾も全て外交的に解決をめざすというわけですか。外交努力で常に問題は解決出来ると本気で考えているのですか？　オトギ話の世界だね。相手によっては交渉のテーブルにもつかず、即実力行使も有るのが現世だとは思いませんか。貴兄の論理は辛口で言えば「日本経済」の現実と将来を全く考慮してない荒唐無稽の論理。「世界の非常識」の烙印を押されますね（笑）。

正直言えば、私が三歳の時に父が戦死（享年32歳）したこと等もあって、学生時代は私も貴兄と似たような考えだった。だから60年安保のデモにも参加した。でも県庁に奉職し、更に1945年から1989年まで続いた「冷戦」の時代を見聞していく中で、私の考え・感覚は変わりました。

現在はもとより将来とも同盟関係も含めた軍事的なパワーがバックに有ればこそ外交での解決も可能だと私は思います。例えば現に南シナ海南沙諸島がそうだけど誰が何を言おうと既成事実を積み上げていくだけという現実もある。トランプ大統領が尖閣諸島も日米安保の適用対象だと明言したよね。私は単純だから良かったと思う。それでこそ外交で解決出来るかもしれないと思うから。そうは思いませんか？

次の書簡は800キロ先でアメリカに喧嘩を売っている国の話ですか。彼の国は高卒後直ちに男子は11年間、女子も9年間の兵役義務で、労働党以外は存在しないから思想統制で多様性の萌芽の余地は全く無し。老若男女がテレビカメラに向かって喋る中身も現体制礼賛とアメリカ敵視のワンパターーン。勤労奉仕が義務の計画統制経済。さらに核爆弾開発に特化しているから怖いね。

インドもパキスタンもイスラエルも核を持っているけど実戦配備しているわけではないようで理性が働いていると私は思いたい。しかし彼の国は最高指導者が世襲で3代続く独裁体制。ミサイルに核を搭載し実戦配備する方向に舵を切っている。且つその事について彼の国では全ての国民（人口2600万人）が拍手を送っているようだから太平洋戦争開戦前夜の日本よりも徹底しているかも。それでも貴兄は彼の国とも外交だけで「一件落着」可能だと本当に思っているのですか？

２０１７年７月18日

髙橋信哉

〈書簡その２　語学留学〉

貴兄の語学留学に関するイメージがあまりにも低レベルなので（笑）少し長くなるけど書き下ろします。確かに発音・文法・日常会話に重点を置くクラスもあります。但しケンブリッジの場合は６段階評価の３段階以下までのクラス。私は４段階目。結論から云えば自分の意見を持っていなければ、そして流暢でなくても良いから思っていることを英語で語れなければ３段階目に降格です。具体的にどんな内容なのか書きます。

授業は月曜日から金曜日まで1日４時間半。1クラス12名で毎日1時間半が３〜５人の小グループで始まって一定時間経過後に全員での「ディスカッション」。或る日のテーマが「戦争」。なにせ欧州大陸（独・仏・伊ほか）のみならずアフリカ・中南米・中東からも来ています。商社に入って他国との交易に携わるのが夢だと語る学生が多いし外交官志望もいます。だから世界の現実を眺めれば「戦争」というテーマは全く奇異ではない。むしろ共通的話題。留学生の共通的な関心事なのだと実感。驚いたのは「戦争」のテーマでは20〜30代の学生の誰もが一家言を吐くのですよ。或る時はロシアとサウジのディベートもあった。不慣れな私はついていくのがヤット。

我々高齢者が日本の子供達へ残すべきは彼等と対等に渡り合う為のパワー。此の辺りの事情を『言って聞かせて、やってみせて、させてみて、褒めてやる』ことこそが、定年退職した男達の最大のミッションだと私は感じた。サンフランシスコでも、そしてケンブリッジでは尚更そう思った。現役リタイアした〝古希〟前の高齢男子が「御迎え」に備えて身の回りの整理は「脳天気だ」と貴兄は言ったけど私も同感。私の場合は特に〝後生〟に向かって、学校等で「海外一人旅」のプレゼンテーションをした時は、この辺りに力点を置いたつもり。どれだけ伝わったかは疑問だけど。

さて「戦争」のディスカッションがどうだったか？　切り出しは、アラビア半島対岸のソマリランド沖での海賊船横行。そしてペルシャ湾を航行する多くの油槽船は日本が一番多いといった辺り。あの時のメンバー構成は、①スペインの人文地理学教授、②デンマークの国際交流支援機関の公務員（中年女性）、③アラビア・ドバイ大学院生、そして④私の4人。いずれも英語のレベルは「中の上」。ドバイ学生の発言は論理的だった。『ホルムズ海峡、ペルシャ湾内油槽船は日本が顕著。湾を挟んだ南北は、シーア派（イラン)・スンニ派の確執で将来共に緊張が続くエリア。一触即発のリスク大。アメリカがいつまでも世界の警察官は不可。いずれは中国が肩代わりすると言う人もいるけど自分は疑問に思う。アラブの感覚は紛争・戦争・聖戦の基本は血&汗を流すこと。お金含めて後方支援でお茶を濁す感覚はアンフェア』

彼は殆ど私を見つめながら語ったのですよ。彼は笑いながら日本の商社に就職したいと言っていたよ。だから日本のことをよく知っていた。日本国憲法が「戦争放棄憲法」も知っていた。彼等はエリートだから。一方で街中を走る車の5台に1台は日本車。日本は目立つ国。「円」も弱くない。かなり目立つ動きをしている国が専守防衛で海外での武器使用禁止はアンフェアで内向き過ぎだと語ったのです。一方で私の中東に関する知識は中学生レベル。次はデンマーク女史。

『人間の歴史は戦争の歴史そして勝者の歴史。血を流さないと治まらないのが人間の性。此れからも戦争は不可避。デンマーク(500万人)、スウェーデン(800万人)辺りの国は他国の安全の為に軍隊を差し向ける力なし。人口が1億人を超え世界第3位の経済大国日本は世界中をビジネスの相手にしながら紛争時は金だけ出して済ますのは如何なものか。アデン湾・ソマリア沖の海賊、中東パレスチナ紛争はマダマダ続く。日本も世界の警察官の一翼を担うべし』

序でに、ドバイの学生は1990年の「湾岸戦争」も語った。クウェートが日本から

130億ドル（1兆8千億円）の膨大な資金供与を受けたことも知っていた。しかしその日本を、米国有力紙での広告「支援感謝」の対象からは外した事実も知っていたんだよ！日本も国際社会の一員として行動要。いつまでも内向きな議論で憲法第9条にしがみついていたら孤立するね。例えばアメリカ国民も批判に転じますよね。幸い貴兄は私と同じ意見なので良かった。一方で憲法第9条は世界最高の条文だから死守すべきだし軍事力も縮小すべしと語る友人も少なくない。日本だけで生きていけるのなら「カラスの勝手でしょ」で良いのだけど。

それにしてもイギリスは太陽が沈むことなきかつての宗主国。ブレグジットでイギリス経済は劣化すると思うけど、イギリスは将来にわたり英語で生きていけるねー。英語が世界の基軸言語であることは揺るがないだろうから。

体調が良くないのですか。健康第一で御自愛下さい。お互い様だけど無理はしないように、足元に注意しながらとにかく前に歩いて行きましょう。

髙橋信哉

2016年12月10日

〈書簡その3　シルバー民主主義〉

公的年金支給額の引き下げは憲法違反だと司法に判決を促している人達がいるね。彼等は2025年には団塊の世代が後期高齢者に雪崩れ込んでくることは蚊帳の外に置いているね。勿論、国の借金である国債と地方債の合計債務残高が既に1000兆円超になっていることも知らん振り。即ち社会保険料では賄いきれなくて借金に依存している現実も無視。「付け」を負担するのは将来の子供達・孫達であることにも知らん振り。十年一日のごとく行政改革で歳出の見直しで十分いけると語っている一部政党も噴飯ものだね。例えば身近なところだと地区連合町内会等の会議に出ると二言目には安易に「行政に御願いして」と語る高齢者の多いこと。コスト無視の「甘えの構造」。

現役で働く世代が年金制度を支えるシステムだけど、我々の場合は高度経済成長時代も含めて1980～1990年代を通して支えてきたわけだけど、だから「我々もやるべきことはやってきたのだから」の論理を今も振り回している高齢者の多いこと。人口減少と少子高齢化が急速に進む日本ではもはや無理無体。それにもかかわらず貴兄が云うとおり自分の事だけを考えて一律に「社会保障費抑制」にも「増税」にも反対の高齢者が多すぎる。

過日のある老人クラブの懇親会でも「増税反対」と「年金給付削減策反対」を語った人

がいた。若者よりも現役世代よりも高齢者の方が投票率も高いから政治家も直ぐヨイショしたよ。高齢者のかかる感覚に何の注文も付けずに加担する政治家も無定見・無責任。多くの政治家が、現状だけに目を向けた高齢者の安易な言動（ポピュリズム）をむしろ煽っている感じ。膨大な借金返済の先送りに目をつぶっている感じだね。今こそケネディ大統領就任演説のようなコンセプトで高齢者に語る政治家が必要だと私は感じます。日本は平均寿命が世界一、かつ少子高齢化も世界一なら、子供達・孫達に「付け」を回さないシステムを本気で考えないと優秀な若者は日本から脱出するね。

序でに、過日の居酒屋談義で「シルバー民主主義」を語った40代の男性がいたよ。選挙権を18歳に下げても被選挙権の見直し無しでは片手落ちだと。更に若年層の投票率が相対的に低いのは具体の政策が将来のサポーターが誰なのかに目を向けない、誰がコストを背負うのかそっちのけの、言うなれば高齢者向けの議論・政策が目立つからだと。人口構成がマスマス右肩下がりの若年層も同じ1票では結局投票率が高くマスマス増える高齢者の「シルバー民主主義」で物事が決まってしまう感じで面白くないと。凄いね！　此の辺りの若者の意見が高齢者にもっと伝わる仕掛けが必要だと感じました。

あの時私は現役世代の1票は例えば5割増しにしないとバランス取れないねと語って笑いを誘ったけど、続けて私が「自分は四捨五入すると80歳だし病も抱えているから行動は限られるけど、逆に若い人達は、シルバー民主主義で動いている現実にもっと怒りを露わにしないと近い将来煮え湯を飲まされますよ」と言ったら顔を上げて天井を睨んでいた。「嫌老社会」という不幸な言葉が蔓延しないよう高齢者は心すべきだ。〝後生畏るべし〟。そのうち上野の〝大統領〟（アメ横）でまた飲みましょう。

２０１６年12月30日

髙橋信哉

〈書簡その４　中国〉

中国こそは世界の中心だとの感覚。所謂中華思想の感覚で習近平総書記・国家主席は公言して憚らない。あれは２０１４年のパリだったね。ナポレオンが「中国が目覚めれば世界は震え上がる」と語ったことを引き合いに出して演説したけど間違いなく自分の本音だったのでしょう。江沢民も胡錦濤も国外で演説してもあそこまでは言わなかったと思ったけど。南シナ海の九段線、尖閣諸島、ＡＩＩＢ、一帯一路シルクロード構想と並べていくと辻褄が合いますね。習近平国家主席はアヘン戦争・第一次世界大戦等で侵害され切り取りされた近代史を屈辱の歴史と捉えて反転攻勢の思いが強いのかも。だから領土問題と主権問題は絶対に譲れないと。江沢民も胡錦濤も日本を訪問したけど、江沢民は仙台にも来たけど、尖閣諸島問題が好転するとも思えないから習近平が総書記・国家主席の立場で日本に来ることは無いだろうね。南シナ海9段線も引っ込めることはないでしょう。そして習総書記・国家主席が3期？　務めた後も基本スタンスに変更はないのでしょう。

南シナ海埋め立ての国際司法裁判所の違法裁定も俺は聴いてないと言っている感じだね。国際司法裁判所判事には中国人も入っているのに裁定無視は筋が通らない。傍若無人の感あり。日米欧の国が同じような裁定を受けて政府が無視することは有り得ない。国内世論も騒然とするだろうから。でも中国国内からは何の反論も湧き上がってこない。国の「形」が多様性に価値を認めない体制だからだね。

一帯一路シルクロード構想についても、中国国内からのコストパフォーマンス評価の議論は外には何も聞こえてこない。誰が考えたってコストをどう負担するのか議論があって然るべき。一帯一路構想に賛同した国も維持管理コストを負担するのだろうかね？

これまで世界をリードしてきたのはG7だと思うけど、中国はG20こそ国際政治の中心だと語っている。確かにG7のGDP合計はかつて70％だったけど今は中国の台頭で30％くらいに落ちてきた。いずれアメリカと中国のG2が世界をリードするのだろうが、習近平国家主席はG1を目指しているに違いない。だが「法の支配」と権力機構が不透明であり、全世界に展開できる軍事力はない。かつ基軸通貨もドルだから果たしてそうなるかは疑問だと私は思っている。

　貴兄の指摘も鋭いね。さすが企業戦士として中国大陸で羽ばたいた男。地方の首長がどのようにして決まるのか、どんな人脈で北京の指導部に昇り詰めるのか何となく理解出来ました。中国をどう見ているか２人の波長は概ね合っているね。現代中国の見方は山崎正和氏が『中央公論』２０１６年９月号で世界最大の君主国が「中国」と指摘したね。私の引き出しにもピッタシ嵌まった感じ。春秋戦国時代―秦―漢―三国時代―晋―隋―唐・宋・元・明・清―中国共産党。今の王朝は中国共産党。権威と権力は中国共産党に集中。反体制的な言動は陰に陽に弾圧。言論の自由、思想信条の自由なし。

　そもそも憲法と中国共産党はどちらが上位なのかよく分からない。諸々の動きを見ればやはり上位は後者だね。南シナ海南沙諸島を埋め立てて軍事基地化するのも速いけど国内インフラ整備も速いねー。世界経済の動きにも世界№２のパワーで素早く反応している感じ。民主主義的な手順を踏む必要がないからでしょう。「世界最大の君主国」は真に言い得て妙だと思いました。

２０１６年９月25日

髙橋信哉

〈書簡その5　アメリカ〉

アメリカ第45代大統領は「アメリカファースト」を連呼。一方で様々な問題発言に対する国内からの反発もいっぱい。アメリカは君主国じゃないから、基本理念が多様性に価値を置くコンセプトだから救われる。それにしても大統領が「記者会見」抜きで自分の姿を見せないまま140字のツイッターでつぶやくのは完璧にマズイ。悪い前例を作ったと思う。記者会見しないは選挙公約だったのかな。

貴兄が仰るとおり世界の誰かがツイッターで米大統領に成り済ます可能性無きにしもあらず。一気に緊張が走る。それこそツイッターのフェイク・ニュースで近い将来とんでもないことが起こるかも。ツイッターも含めてSNSは低コストで世界を揺るがしかねないだけに〝諸刃の剣〟だね。

トランプ大統領はメキシコ人をスケープゴートにした。メキシコ国境沿いに壁を作る話は荒唐無稽。私がサンフランシスコで11カ月ホームステイしたエリアはメキシコ人が多かったけど若しかしたら街の雰囲気も変わったかも。元々カリフォルニアはメキシコだった。今もメキシコ人が多いから、トランプ大統領はカリフォルニア州へは行けないでしょう。更には一時的だったけどイスラム教徒入国ダメも驚いたね。娘婿さんが上級顧問というのも何となく気になりますね。選挙は終わったのに身内が大統領の側に常に纏わりついている感じで。

私が一番驚いたのは日米貿易収支不均衡の是正を語った時よりも、アメリカは世界の警察官では無いと匂わせ米国民もそれに頷いた辺りから。アメリカの軍事力にすがりたいなら派遣費の全額を負担せよと言った時は東京霞が関が一瞬静かになったに違いない。今日本の防衛費はGDPの1％5兆円。アメリカ抜きで今と同等のパワーを維持するためにはGDP2％は必要と試算されている。そうなれば社会保障費（32兆円かな？）を切り詰めるしかないだろうと元外務官僚が語っていたがそれは不可能。

エズラ・F・ヴォーゲルの『ジャパン　アズ　ナンバーワン』はベストセラーだった。いよいよパックス・ジャポニカかと私も正直嬉しかったけど、勿論パックス・ブリタニカ（英）の次がパックス・アメリカーナで現在に至る。トランプ発言はパックス・アメリカーナを否定したのかもしれない。それにしてもアメリカファーストだから解り難い。いずれにせよアメリカはGoing my wayだろうから、G7でなくG20でもないG2（アメリカ&中国）の時代にいずれ突入していくのでしょうね。

２０１7年7月1日

髙橋信哉

〈書簡その6　留学生〉

中国とアメリカの狭間で日本はどうする？　やはり基本的な価値観を同じくする日米韓欧州との連携でしょう。今暫く世界は「応仁の乱」のような状況が続いて「戦国時代」に入っていくのかもしれない。戦国時代なら尚更のこと大事なのはヒトづくり。「人は城人は石垣　人は堀」。となると対中国も含めて他国との人的交流が大事だけど例えば日本の留学生は激減。完全に右肩下がり。1990年代はアジアでは日本ダントツ。今は中国15万人、日本は2万人以下。韓国より3倍も人口多いけど留学生数は韓国の三分の一。サンフランシスコでもケンブリッジでも言われたよ「日本は引き籠もりか」と。

若い連中が「就活」でダメなら、せめて時間のある定年退職組が「終活」で外に飛び出して、他国の将来を担う連中に日本を的確に説明していかないと日本アブナイ！　来年一緒に渡航しましょうか（笑）。彼等と渡り合う一般日本人が他国との比較であまりにも少な過ぎるから。

２０１７年８月５日

髙橋信哉

〈書簡その7　定年退職〉

前略、先日は結構呑んだね。男の50歳は一つの節目だけど定年退職後にどうするか考えていない人あるいは考えたくない人は少なくないと思う。65歳で定年退職した私の友人は、起床したら新聞読んで朝食取って、散歩に出掛けて庭木の剪定をして、午後は図書館・映画館・碁会所等々で、月に1～2回グリーンに出るみたいだけど、マー悠々自適の一つの典型でこれも一つの選択肢。

どうやら貴兄の場合は、それは無いと感じました。定年退職後にどうするか理系は的を絞り易いけど文系は応用範囲が広いから迷うのかも。貴兄は50歳以降の管理職は周りがサポートするから務まっているのだと言ったけどその感覚は立派だと思います。勘違いしている人が少なくないから。

退職後も悔いなく送りたいというなら選択肢はいっぱいあるから、先ず自分は何が得意なのか、何が好きなのか、何をやりたいのか自問自答し整理するところから入った方が良いでしょう。長時間の堂々巡りを避けるために紙に書きだして整理した方が良いと思います。その作業をやるだけでも何となく折り返し点以降の自分のフィールドがどの辺りなのか見えてくるから。

私の「形」は貴兄もお分かりの通り。更にいろんな人の「形」を探るのも良いでしょう。

「随所作主」でブレない自分の「形」に辿り着くのは容易ではないけど、拙くとも、カッコ良くなくとも、自分が納得出来れば良いのだから沈思黙考して自分のスタンスを固めていって下さい。「一人旅」も良いよ。

何となくこんな事をしてみたいという辺りが見えてきたら声掛けして下さい。年の功で何がしかコメント出来ることもあると思うから。忘年会で呑み過ぎないように。奥様に宜しく。

草々

2013年12月21日

髙橋信哉

10 〔感想文〕小林伸一氏（元宮城県教育長）著『お遍路道中曼荼羅』への感想文

小林伸一氏から『お遍路道中曼荼羅』の著書を頂いた。氏は東北大学法学部卒で宮城県庁に奉職し宮城県教育長を最後に現役をリタイアした。宮城県教育長は政令指定都市仙台市を除いて宮城県内小・中・高の全てをまとめる要職。その前段（宮城県教育庁に在籍していた時代）で宮城県教育改革ビジョンの成案作成でも中心的に関わったのが小林氏である。

さて四国霊場八十八カ所巡礼に関わる他者の著書は過去にも目を通した記憶がある。先ずは「はしがき」に目を通した。此れまでを振り返りながらの透徹した哲学的思索に、いささか身の引き締まるものを感じた。氏は白装束・菅笠そして金剛杖での一人旅、私の米大陸横断一人旅はレンタカーで「ボルボＸＣ70」での一人旅。歩き遍路は苦あれば楽あり、楽あれば苦あり。レンタカーでの単身米大陸横断も似たような感じだが体力消耗度合いは間違いなくドライブの方が小さい。但し飲食の方は小林氏の方が遥かに豊かだったと感じた。というわけで自分のアメリカ・イギリスと比較しながら一気に読み切った。感想文を書いた後でいささかボリュームが多すぎたかなと思った。これも「一期一会」の一つの形であろうと思い直し、圧縮せずに送ったのが次の書簡である。

〈感想文〉

四国霊場八十八カ所巡礼の渾身の著書を拝読しました。四国4県を回りながらの貴兄の心象風景を覗かせて頂いた感じです。御蔭様で私も己の〝此れまで〟を振り返り種々思考することが出来ました。本当に有難うございました。

私の米国・英国一人旅と比べれば、貴兄の「一人旅」は遥かにシリアスだったと感じました。〝はしがき〟で述べておられますが、第一線リタイアを機に、大自然の中で自我の超克をめざした貴兄の心意気が伝わって参りました。

貴兄の場合は20年以上も前から、折に触れ「いずれは……」と思い巡らした旅だったのですね。さらに2011年3月11日の東日本大震災での数々の現象に想いを馳せ、精一杯の哀悼の誠を表したい思いに後押しされた四国霊場八十八カ所巡礼だった由。先ずは貴兄の“will”と“do”に敬意を表します。

ここで敢えて「一人旅」と書きましたが「一人旅行」では語感も悪い。「一人旅」の方が旅情・ロマン・哀愁が伝わってきますよね。日本語も繊細ですね。日本語こそは日本文化の最右翼だと思います。

せっかくの機会なので、私の「一人旅」と重ね合わせ、米国よりは英国で体験したことを思い出しながら貴兄の〝航跡〟を私なりに辿ってみます。私自身の行動・反省・思考の糧にもなるので書き下します。御容赦下さいますように。

元より頂いた著書に対する感想文ですが、ステレオタイプにならないよう努めるつもりです。『思った通りにはならないが、やった通りにはなる』と思います。そして私の「此れから」の〝よすが〟にも成るでしょうから、少しドキドキしながら書き進めます。果たしてどうなるか？

〈第1章　平成24年秋　徳島県1～23番札所〉

10月3日の焼山寺が道中最大の難所なのですね。標高７００ｍへの登りは物凄い山道の由。45度から50度にもなろうかという急勾配で足場も悪い。思わず「南無大師遍照金剛」を唱えたりして悪戦苦闘の登攀だった様子。確かに「上り」よりも、とりわけ体力消耗した中での急勾配の「下り」はリスク大だから、帰りの車道選択は多少遠回りでも正解だったと思いました。

私は昭和39年に県庁に入って直ぐ「宮城県庁山岳部」に入部しました（現在はなし）。私の主目的は山岳部の「冬季スキー行」でしたが夏山登山にも参加しました。迫りくる台風が東北地方を縦断するかもしれないとの予報にもかかわらず、現に風が横殴りで雨模様の日に、通常のルートを敢えて外した岩手・早池峰山（1917m）での岩登りは今でも記憶が鮮やかです。県庁山岳部長だった故阿部國男氏（本年83歳で逝去。合掌）から、常に口酸っぱく言われたのは岩登りでの「三点支持」の原則。手足全部で四点ですが、岩場では（急勾配坂道も）常に三点支持に留意しながら上下する意味。40年も前ですが県庁山岳部パーティーの県境・面白山での遭難一歩手前もありました。焼山寺に係る記述で奇しくも故人を懐かしく想い出しました。

10月4日の大日寺参拝を済ませ宿に着いて風呂でユックリ体を伸ばしたと有りましたが。さぞかし――と思いました。当然「熱燗」も頂いたのでしょう(笑)。御承知の通り米国も英国もシャワーが主。殆ど完璧にシャワー室だから浴槽ゼロ。英国4カ月で浴槽に入って手足を伸ばしたのは、一人旅の後半バイブリー（ロンドン西方200㎞、コッツウォルズ）での高級ホテルでの2日間だけ。

10月9日の海岸沿いの歩きで、べた凪の鏡のような海面に朝日がキラキラ映えて、うっとりした由ですが、振り返って私はサンフランシスコで太平洋に沈む夕日の凄絶な「釣瓶落とし」は見ましたが、日本海側／湯の浜での落日も何度か見ましたが、「水平線から昇る朝日」をまともに見た記憶がない。何せ生まれも育ちも大崎市で、初めて海を見たのは小学校3年生の時。母に連れられて仙石線松島海岸駅ホームに降り立って見たアノ「松島湾の眺め」が生まれて初めての海。本当に海は広いと思いました(笑)。

〈第2章　平成25年夏　高知県24～28番札所〉

徳島県23番札所から高知県24番札所まで75㎞は実に長いですね。途中で猛烈な蝉しぐれに驚いたり、夕暮れ時には北斎の絵にあるような逆巻く波を目にしたり、暑い7月とて県を跨ぐ山越えの遍路道では途中誰にも会わなかったり、旨い夕食もあったけど或る日のそれはカナリ貧しかったり。75㎞は完璧に非日常の連続で正に「行」でしたね。これが遍路巡礼の風景なのでしょう。

「蝉しぐれ」で想い出したのは大学同級の友人の紀行、いや「奇行」。米国イリノイ州では17年周期で「蝉」が大発生します。彼は65歳の時にそれを見たいが為に、只それだけの為に成田からシカゴに飛びました。彼は技術士です。

高知県と愛媛県は行ったことなし。室戸岬灯台足下から360度に広がる太平洋はまこと絶景だったでしょうね。水平線の正面が少し盛り上がって見えたのではないでしょうか。7月14日の宿で露天風呂に入ってゆっくり汗を流して――夕食の日本酒も実に旨いと有りましたが、此処でやっと貴兄の口から「酒」が出てきましたね。勿論「熱燗」だったでしょうね。

以下は軽く読み流して下さい。貴兄の四国巡礼は〈御風呂、熱燗、旨い夕食〉、私のイギリスは〈シャワー、ビール、フィッシュ&チップス〉。英国ではフィッシュ&チップス（鱈のフライにフライドポテトの付け合わせ）が手軽な食べ物。イングランドなら「ローストビーフ」でしょうがやはり高かった。スコットランドの「ハギス」(羊肉・臓物を羊胃袋に詰めて蒸した料理)は残念ながら食べ損ねました。食事に関する限り私の方が貴兄より『行』に近かったかも(笑)。

〔第3章　平成26年初春　高知県29〜37番札所〕

春浅い3月の29番から37番札所までのこの章も面白いですね。前半は札所間の距離が比較的短かったようで、なので奥様と2日間行動を共にされた辺りも楽しく拝読。しかし映画『カサブランカ』の空港でのハンフリー・ボガートの役は演じなかったようですね(笑)。小雨降る薄暗い空港でハンフリー・ボガートがイングリッド・バーグマンを見送ったシーンは何とも哀愁が漂っていて——。体形・雰囲気が似ている貴兄こそと一瞬思ったのですが——失礼しました。ついでに二人旅なら坂本龍馬。京都伏見〝寺田屋〟は行かれましたか?

台風の季節ではないのに、猛烈な風と叩きつけるような雨で、宿で待機を余儀なくされたり、夜中に震度4の地震で起こされたり。更に高知の屋台村でワイワイやっている光景を目にして、土佐人は声が大きいと書かれましたが、私の大学同級生も薩摩と土佐は何となく声が大きくて太かった。酒(日本酒と焼酎)も強かった。普段から怒鳴っているような感じの男もいました。

薩摩も土佐も暴風・豪雨の台風銀座。そして太平洋の逆巻く怒濤に常に向きあう風土が、声が大きい遺伝子を膨らませたのかも。脱藩し一匹狼となって薩長連合・維新前夜を御膳立てした坂本龍馬は土佐の風土の賜物でしょうか？

写真でみる桂浜の彼の銅像は懐手をして太平洋を睨んでいて何ともピッタシ。やはり坂本龍馬は凄い男でしたね。

〈第４章　平成26年秋　高知県38〜39番札所・愛媛県40〜53番札所〉

10月26日は珍しく羽田から空路で高知に入り、ＪＲ窪川まで。着いてすぐ37番岩本寺参拝のあと理髪店に寄って坊主刈りにしたのですね。その前段で、実はこの年、春４月に体調を崩して入院したとありました。行間から入院中の貴兄の沈思黙考・瞑想の様子が偲ばれました。

10月27日は足摺岬突端の38番金剛福寺を参拝。岬の展望台からの陽光の下でのどこまでも広く穏やかな眺め。目に浮かぶようです。さすがに病み上がり故に、全てを歩き切るという己に課したルールに反して鉄道やバスを使った由は納得です。朝一番の10㎞を３時間も費やして歩かれたことも納得です。

10月28日は、翌日の目標である39番延光寺に向かう為に使われた１日だったのですね。それにしても列車も使ったにしても、病み上がりなのに朝から夕方まで結局１日で25㎞も歩いたのですか！　驚きました。確かに貴兄の資料によれば土佐清水・宿毛から県境越えで愛媛に入る辺りは区間距離が長いですね。

実は私は1日1万歩をやっています。距離にすれば8㎞／日ぐらい。健康の為より〝スキー〟の為（目標：2週間／シーズン）。2年前には転倒して圧迫骨折していますから（笑）。加齢が進むほどウォーキングだけでは駄目で、腰と膝の「ストレッチ」が有効かつ不可欠かもと最近は感じています（朝と夜、10分くらい）。それにしても貴兄の25㎞／日の歩きは凄い。今の私には多分無理。

政宗長男の宇和島城は写真もありましたが小ぶりながら立派ですね。仙台伊達と宇和島伊達の家紋が全く同じとは知りませんでした。過ぎし日、孫を青葉城に連れていったら「おじちゃんが馬に乗ってるね」と言われて、笑ってしまいました。やはり城は〝天守閣〟がないとパンチ無し。青葉城に天守閣は不可でも当時を偲べる具体の建物が欲しい。図面は残っているようだから。宇和島は私も行ってみたい町の一つです。

宇和島の42番佛木寺からの標高500ｍの歯長峠はかなりの勾配の由。足を踏み外したら圧迫骨折どころではないですね。足を引きずりながら宿に着いたとありますが、御蔭で私も若い頃の夏山登山をアレコレ思い出しました。

一期一会の「お接待」の実際がよく分かりました。女性からのそれが多かったようで「圧倒的に女性の方が共感性大」は私も同感。出版社経由で拙著の読後感想文を時々頂きますが女性からのそれは細やかで泣ける時もあります（笑）。

一方男子からのそれは数も少なく色気なし（笑）。それでも一番感動したのは関西の高齢男子から「古川高校なら吉野作造の故郷ですね」の一言。ついでながら古高は来年１２０周年。読売新聞社・中央公論社サポートで山崎正和氏ほか７名の選者による『読売・吉野作造賞』。本年は該当者なし。

私は太平洋戦争が始まる前の昭和16年1月生まれ。私の世代は例えば昭和20年7月10日の仙台空襲はＢ29が80機・約３時間・１万３０００発を知る世代。大根メシで育った世代。高校時代は昭和30年代前半でＣ58蒸気機関車の牽引で往復３時間の列車通学（陸羽東線：古川～鳴子）。足駄で弊衣破帽がカッコ良かった時代。父（昭和19年戦死）も旧制古中なので吉野作造まで出てくると込み上げるものが――。いささか私事が膨らみ過ぎましたね。筆の勢いでした。御免なさい。

「歩き遍路は苦あれば楽あり、楽あれば苦ありの人生そのもの」とありましたが納得です。一部鉄道・バスに頼ったことに忸怩たるものもあったみたいですが、原則として歩いた範疇に十分入っています。全ての札所で心を込めて「般若心経」を唱え、真摯に遍路巡礼一人旅を成し遂げられたことに、結願されたことに敬意を表します。そして私の「此れから」にも刺激と勇気を頂きました。

〈第5章　平成27年秋　愛媛県54～65番・徳島県66番・香川県67～70番札所〉

この章の初めの貴兄が訪れた「呉市海事歴史科学館」と「坂村真民記念館」に興味をそそられました。この2カ所はとりわけ格調高く書かれていると感じました。貴著の「はしがき」を深掘りすればこういう事なのだと感じました。既に5回目の遍路一人旅で、歩き始める前にチョット足を延ばして10月1日・2日を科学館と記念館に費やした意味がよく分かりました。私は訪ねたことなし。

「戦艦大和」の模型が実物の10分の1なら全長約30mだからデカいですね。対比して私が想い出したのは軍港ポーツマスに係留されていた1805年トラファルガー海戦の旗艦「ヴィクトリー号」。横一線で展開している仏・西聯合艦隊に対し縦列で、ネルソン提督指揮のもと直角に突き進んだ英国艦隊の旗艦です。その艦が何と未だ現役でした。もっとも戦場に出ていくことは無いわけですが、軍関係の重要会議や式典には今もこの艦が使われている由で撮影禁止。

拙著にも書きましたが、ポーツマスは「英海軍特別監視区域」で市内の至る所に監視カメラ。例えば手荷物一時預かり所さえも鉄道駅も含めて市内の何処にもない。ショッピングモール等を除けば町全体がピリピリしている印象。ノルマンディー上陸作戦は勿論、近くはサッチャー政権下のフォークランド戦争（1982年）も艦隊はポーツマスから。何と〝原子力潜水艦〟まで出して、その原潜で相手方の巡洋艦1隻を撃沈したのだから世界が驚いた。

ヨーロッパの歴史、とりわけ英国の歴史は正に「戦争と航海」（故江藤淳）。英国が「EU離脱」に舵をきった背景には、特に高齢者のアイデンティティーに対する〝こだわり〟（大英帝国の歴史を基にした感覚）も作用したことを多くの専門家が指摘しましたが、ポーツマスを訪れると何となくその辺りの雰囲気が伝わってきます。軍港ポーツマスはいつも臨戦態勢の感じです。

横須賀が今どうなのか知りませんが、佐世保同様に呉だから自衛艦も投錨していたでしょうね。昔日の面影を残して今日があるという感じでしょうか？

坂村真民記念館に係わる貴兄の記述に感動しました。ここは貴兄の人生哲学なので私が思いつくまま言葉を並べる箇所ではない。貴兄の真情を吐露したものであり貴兄が〝生きた証し〟とも言える生涯忘れ得ぬ〝此れまで〟をもしたためた大切な箇所。『念ずれば花開く』は私も図書館から借りて目を通します。教えて頂き有難う御座いました。

58番仙遊寺・59番国分寺参拝の後、へとへとになって今治の宿に入ったのですね。そして天然温泉で「眼下の瀬戸内海を眺めながら、久しぶりにゆっくりと湯につかることができた」とありますから、正に至福のひと時だったでしょうね。やっぱり温泉ですよね！

そして熱燗！

英国のバース（ロンドン西方２５０㎞）は町全体が「世界遺産」で、街の中心部に紀元前から紀元後に掛けてローマ人が建設した石造りの超デラックス大浴場の遺跡があります。でも御風呂の文化が何故かイギリスに根付かなかった。ブリテン島に火山が無いから――？　いつか誰かに尋ねてみたいと思っています。

60番横峰寺は12番焼山寺と並ぶ遍路の難所で急坂登攀だったのですね。64番前神寺の直前に立ち寄った石鎚神社境内からの眺め「重畳たる山々を背負い、眼下には鏡のような海面とぽっかり浮かぶ島々。空は透き通るような青。まさにこれが四国だと言わんばかりの景色に時間を忘れて見とれる」は〝苦あれば楽あり〟を遥かに超えた幸せでしたね。取り敢えず此処だけでも見たいは虫がよすぎますね。

10月13日の帰りの飛行機から青空の中の富士山を見て「涙が出るほど美しい。日本に生まれた幸せをしみじみ感じながらの旅の締め――」も幸せでしたね。

私も1970年代中盤、名古屋から仙台に飛んだ時、快晴の富士の殆ど真上を飛びました。飛行機がプロペラ機〝YS11〟だったので富士山頂の斜め上、高度4000～5000mぐらいから富士の「お釜」がしっかりと見えました。貴兄と同じような感じで胸が熱くなりました。相対比較で日本の風景は〝四季〟が演出するので千変万化で本当に素晴らしい。

〈第6章　平成28年春　香川県71～88番札所〉

第4コーナーを回って最後の直線に入ってきましたね。ゴールは直ぐそこ。71番から77

番は札所間の距離が比較的短いとはいえ1日七つの札所まわりは頑張りましたね。やはり前夜の風呂と熱燗の賜物でしょう。

80番国分寺からの山越えルートは登山同然で焼山寺以来の「南無大師遍照金剛」を唱えた由。加齢に伴う脚力の衰えを感じながらも、大師に励まされ、接待に癒やされ、風呂と日本酒でパワー補給しながら歩き続けた貴兄の一人旅が、ミニ写真集の遍路姿とよくマッチしています。欲を言えば、歩き遍路の最後は白衣も薄汚れて全体的に疲れた雰囲気が漂っていたでしょうから、山頭火もどきの終盤の写真も拝見したかった（笑）――御免なさい。

香川県は讃岐平野のイメージだけどお遍路ルートは甘くないことが解りました。

実は高松には現役時代に2度も行きました。何で高知と愛媛に足を延ばさなかったのか後で悔やみました。しかし「公務」で2人だったので致し方なし（笑）。退職後の一人旅は基本的に自分だけで「Plan Do See」ですから、時に緊張する場面にも遭遇しますが、だからこそ記憶が鮮明で想い出もいっぱい。

一番大事なのはPlanではなくDo！　だと思います。貴兄はそのDoをやり、自己評価を踏まえて「著書」も著すことでSeeも済ませたのだから言うなれば「一気通貫」満貫での〝あがり〟。本当におめでとう御座いました。

3月9日は最終88番大窪寺へ。記念すべき日なのに天気予報通り強い雨風に叩かれたようですね。そして遂に満願。写真集で「結願の証」を見せられたのは初めてです。結願の感慨に浸ることはそこそこにして、この後すぐ1番霊山寺に向かわれましたが、これは貴兄の思いから発した行動なのでしょうか？

ＪＲ志度駅は香川県ですか？　ここから徳島行きに乗り込む前に、近くの食堂に入って食べた「うどん」が△だった由。笑ってしまいました。本格的な「讃岐うどん」は食しなかったのですか？　私は県庁の案内だったたので当然ながら高松市内で安くて旨い讃岐うどんを頂きました。名物にも旨いものあり！

1番札所参拝は無事「結願」したことの御礼参りだったのでしょうね。「戸惑いながらお遍路一人旅をスタートさせた札所――4年を経て再びこの地に立つことができた。この間の様々な場面を思い起こしながら心を込めてお経を唱え、最後の参拝を終える」まこと万感胸に込み上げたであろうと拝察。

ここで「満願之証」を書いて頂いたのですね。「春の嵐であろうか、ますます強くなる雨に打たれながら17:00門前の宿に入った」――この夜の「風呂」、そして「熱燗」は五臓六腑に染み渡ったに違いない。本当に御苦労様でした。

〈附章　平成28年秋〉

遍路巡礼での「お大師様」とは真言宗開祖空海ですよね。やはり高野山は、貴兄は一般ツーリストではないから四国巡礼一人旅で貴兄がずっと着ていた白衣で固めた。そして無事巡礼出来たことの報告をされたのですね。

高野山奥の院に向かう途中で会った坊さんは、実は現役時は警視庁の警察官であったくだりも興味深く読みました。彼の生き方も良いですね。

家族、友人をはじめ数多くの人々の支えがあったればこそ――ただ感謝の一語に尽きると書かれました。まさに貴兄の此れまでの諸々の思いをその航跡を、著書に見事に載せきったと私は感じました。

私も何となく遍路一人旅をしたような気分を味わえたことに感謝です。貴兄の人生哲学に触れさせて頂いたことにも感謝です。そして種々教えて頂いたことにも感謝です。『念ずれば花開く』は私も目を通します。

新たな人生を確固として生きる原動力になると確信したと結ばれていますが、私も貴兄の〝此れから〟に幸多かれと念じつつ筆を置くことに致します。

本当にありがとうございました。

敬具

２０１６年12月７日

髙橋信哉

追伸

読み返したら私事のボリュームが多過ぎましたね。圧縮すべきかと思案しましたが、貴兄にとって何がしかの参考になる箇所もあるかもと――。これも〝一期一会〟の類いなので在るがままに送らせて頂きます。貴兄の著書がインパクトがあったことの一つの証しと思って下されば幸いです。

11
〔挨拶〕町内会長（200世帯）を3年務めた最後の総会での退任スピーチ

会社・団体・官公庁の定年退職者にとって、定年を「人生の折り返し点」とすることには左程異論はなかろう。私の場合は即渡米し未知体験志向の「遊び」で折り返し点以降を楽しんできた。例外は69歳から72歳まで、２０１０年４月から２０１３年３月までの３年間、約２００世帯で構成する町内会の会長を務めたこと。

私の「終活」の中では町内会長は異質な航跡である。しかし２０１１年３月11日の東日本大震災に向き合った者として、とりわけ〝震度６〟直後の動き、その後の諸々に町内会長として関わった事どもを記録しておくことは後生の為にも意義が有ると思うので、初めに「東日本大震災関連」での町内会長としての私の動きを書き記しておきます。

２０１１年３月11日東日本大震災の地震発生時に私は自宅に居た。仙台市西部の八木山を造成した住宅団地内の一戸建て。自宅の被害は半壊で済んだが、団地内では地盤が動いたことで多くの一戸建て住宅が全半壊。全国では大地震・大津波で2万人近い犠牲者。宮城県だけでも

1万人超が命を奪われた。

当日私は石巻にマイカーで行く予定だったが前日の企業からの連絡でキャンセル。そして2時46分に此れまで経験したこともない縦振動が突然始まった。収まったかなと思ったら更に強い地震動で内壁が目の前で剝がれ落ち、柱に割れが入った音も。1978年宮城県沖地震には持ち堪えたが今度は駄目かと覚悟した。1分も続いたろうか、兎に角長かった。直ぐ外に出て我が家が傾いたわけではないことを確認し、部屋の中の散乱は後回しにして即自宅を後にした。

自分の目で団地内の被害状況をザッと把握する為に小走りで町内を一回り。幸い完全に潰れた家は無し。怪我人も居ないので直ちに消防署等に救助を頼む状況には至ってないと判断。多くの人が外に飛び出していたので声を掛けながら被害の大きい家々に足を踏み入れた。床下の地盤が若干陥没している家も数軒。造成基盤の大きな崩落は無かったが山を削った造成団地なので谷側の盛り土した辺りが下方へ少し摺動したかもしれないと見て取れた。階段がずれ落ちたり石塀が一部崩れたりしている。道路の亀裂は大きくはないが多数。電気・水道そして携帯電話もダメ。これからの復旧作業が容易でないことに思いを馳せ、暫し暗澹たる気分に襲われたことは言うまでもない。

夕方になったので家に戻ってホッと一息。幸い水はペットボトルで数本有ったのと冷蔵庫の残り物で腹拵えをして、再度町内を一回り。高齢独り暮らしの女性が隣家に避難していること等を確認。行く先々で取り敢えず何が必要かを聞き回った。全壊に近い建物が20戸を下らないことも確認した。

３月11日当日は各町内会役員相互の早いバトン回しで芦口小学校体育館に「緊急避難所」も設置された。連合町内会のコラボレーションだから当然ながら私も避難所に詰めて細々した作業に忙殺された。小雪がチラつく寒い夜だったが、地区の体育振興会役員・有志の献身的な働きで体育館内には工事現場等で使う大型のファン付き石油ストーブも持ち込まれた。炊き出しやら体育館や校舎内のトイレの清掃やら、区役所への連絡やらで、各町内会役員・有志は避難所解散までの３日間各種サポートに忙殺された。

避難所解散後の私の仕事は、町内会全体の被害状況の確認、そして区役所に報告し復旧要請すること。また団地内の盛り土部分が摺動したことで各戸の宅地面積が増減したことの民事上の調整でも、区役所への橋渡しの役を務めたことも付記しておきたい。盛り土で摺動した辺りの復旧は、径30㎝を超える鋼管パイルの打ち込み工事が必要で大型土木機械が搬入され、工事は２０１５年春まで続いたのである。「東日本大震災関連」は以上に留めます。

私は23歳で宮城県庁に職を得た。32歳の時に仙台市西部の丘陵地八木山一帯に大規模開発造成された一画に土地を求め、木造２階建てのマイホームを建てた。２０１１年３月11日の東日本大震災で半壊した際は補修を余儀なくされたが同じ家に75歳まで住まいした。私は県採用が「技師」だったので、かつ土木・建築等ではなく機械工学だったから人事異動はあっても退職するまで仙台を離れることは無かろうと思っていた。結果は正にその通り。65歳で現役リタイアするまで仙台を離れることはなかった。

妻は私が57歳の時に癌で他界（享年53歳）。更に子供2人も就職・結婚で私のもとを離れたので、60歳から75歳までの15年間は独り暮らしだった。2016年、私が75歳になった時、40歳の長男から「自分が生まれ育ったこの家を解体撤去して自分が家を新築し、父さんと一緒に住みたいけどどう」と相談され、私に異存あるわけもなく2016年夏に築44年の旧宅を撤去。2016年12月25日からは長男家族4人と私の計5人で同じ屋根の下に住むことになり現在に至っている。

独り暮らしの時に町内会長を務めたが、1969年からスタートした町内会は1区画70坪前後の一戸建てが主の〝青葉苑町内会〟である。6班編成で各班長は1年交代。任期2年の町内会長は各班から順番に選出する決まり。都市部のいずこの町内会も大同小異のようだが当町内会も町内会長がスムーズに決まることは殆ど無かったと言ってよい。

理由は簡単で都市部の造成住宅団地は地縁・血縁とてない言うなればゲゼルシャフトの世界。

見ず知らずの人達をまとめていくことへの不安。ルーチンワークに留まらない職務内容。想定外の現象に突然対処せざるを得ないことへの困惑等々である。具体的な行動を挙げれば、区役所・警察・消防・小中学校・社会福祉協議会・隣接町内会等との多くの会議・交渉事を始め、学童や独り暮らし高齢者への気配り、地震・台風等への普段の備え、そして災害発生時は率先対応するので物理的にも時間は慌ただしく過ぎていく。

２０１０年4月〜２０１２年3月の2年間は私が所属する班から町内会長を出さなければならない。誰に御願いするかを決める班の会合が２００９年暮れにあった。結果は10分で終わった。理由は、会長適任者で残っているのは私だけだと敬愛する諸先輩から事前に言われていた為。独り暮らしで２００世帯の町内会長はキツイと思ったが、周りを見渡せば私も覚悟せざるを得なかったというわけ。既に渡英の構想があったので困惑したが「任期は2年だから我慢するか」と諦め、班会議当日は名前が出て直ぐ私は了承したのである。

予想はしていたが２００世帯の町内会長職は高齢独り暮らしが務める代物ではない。毎月発行の行政等からの各戸向け配布分は担当役員を決めて軌道に乗せられるが、それ以外の有りとあらゆる資料・チラシ類は先ずは町内会長宛てに郵送されてくる。梱包された分厚い束もくる。郵便物は月末に集中するから食卓テーブルは郵便局の郵便物集配テーブルの如き状況になる。揚げ句は自分宛ての大事な封書も見失ったりする始末。

私が町内会長を務めた中で最も困惑したのは、次の町内会長を誰に御願いするかであった。私の任期（2010年4月〜2012年3月）も後3カ月を残すだけだから、少なくとも2012年正月には次期の町内会長が当番班で内定しているだろうと思いきや当該班では全く話し合いが行われていないことが判明。私も甘いから（笑）結局3年目も務めることになってしまったのである。

何と2013年の正月も同じような状態だったので流石に愕然とした。友人の1人が「大震災復旧工事が一段落するまでは、気の毒だけど連投せざるを得ないのでは」と言った。「イギリスに行くんだろう。古希を過ぎているのだから時間勝負だから何としても行って来いよ。〝笑って棺桶〟の為にも4年目はヤルな！」この友人の言葉で決まり。私も必死に動いて紆余曲折を経て後任の候補が決まった次第。男気のある先輩が名乗り出たことで私の4年目の町内会長は無かったという結末だった。幸い只今現在は会則通りに当番班から町内会長（任期2年）を出すことで回っている。

2013年4月の新年度総会の閉会時に、出席した60名超の会員を前に私がスピーチした内容は次の通り。

11 〔挨拶〕町内会長（200世帯）を３年務めた最後の総会での退任スピーチ

〈挨拶〉

今日は御出席下さいまして有難うございました。先ずは新役員選出も含めて全ての議案が承認されたことに感謝いたします。

東日本大震災の復旧工事も公共事業として急ピッチで進められております。全国から寄せられた義捐金に助けられ、全国から駆け付けたボランティアの皆さんにも助けられ、政令指定都市はじめ全国の自治体から派遣して頂いた職員の皆さんにも助けられて此処まできたことを、先ずは全国の皆さんに感謝しなければと思っています。とりわけ〝青葉苑町内会〟は政令指定都市広島市役所の皆さんに大変お世話になりました。本当にありがとうございました。

さて、折角の機会ですから〝青葉苑町内会〟の将来に亘る最大の課題は何なのかを私なりにザックバランに語ります。私は「空き家問題」だと思っております。私は只今72歳で、60歳の時に子供２人も結婚・就職で家を出たので今日までズーット独り暮らしですが、60歳の時は我が家を囲む一戸建住宅８戸のうちで独り暮らしは私だけだった。今は私含めて５戸が独り暮らし。町内会全体でも独り暮らしが増えているのは皆さんも御存知の通り。そして只今は20戸近くが空き家になっています。

一方で仙台中心部は高層マンションがドンドン建ってきた。仙台は百万都市で需要が見込めるから良いのかもしれませんが、仙台だって人口の減少は避けられない。市役所の友人に聞いたら仙台市の世帯数50万に対して住宅数は55万だそうで――見えてくるのは空き家が間違いなく増えていく構図。中心部の高層分譲マンションも数年後・数十年後に子供達が戻ってくるとは限らない。相続した子供が住むかどうかは不透明。空き家になる確率の方が高い。「人口減少と少子高齢化」の歪みは、一つは農村部よりも都市部で「空き家問題」が深刻になることだと私は感じております。

然らば〝青葉苑団地〟はどうする？　お互いにどうしようかと迷いますよね。とにかく此の先は何かと悩ましい問題が出てくることは間違い無い。尚更お互いのコミュニケーションを良くしておくことがベース。此れからも町内会活動に積極的に参加下さるよう御願いして退任の挨拶に代えさせて頂きます。３年間、何かとお世話になりました。有難う御座いました。

〈補足〉

町内会の絆を深めるために、東日本大震災で被災した〝青葉苑団地〟及び東北各地（新聞掲載写真を使用したため、本書では削除）の被害状況をピックアップしてプレゼンテーションしたものを参考に附します。

東日本大震災

青葉苑町内会/広報　　　編集責任/町内会長　髙橋信哉　(2011/09)

#1　2011・3・11　14:46　（最大余震＝2011・4・7　23:32）

・マグニチュード　＝　9.0

・震度　＝　5強(太白)、6強（宮城野）、6弱（青葉・若林・泉）

・津波高さ　＝　仙台港　7.2m

仙台市被害

＊死者　＝704名（全国 15,269人）

行方不明　＝45名（全国 8,526人）　2011/06/24 現

＊津波被災＝住宅全壊14,000棟以上

農地浸水1,800ha

＊宅地被災＝昭和30年代後半～40年代の造成団地

地盤崩落/地すべり

〔仙台市内被害額（推計）　7,740億円〕

＊データ：ホームページ/仙台市・宮城県・国

#2　青葉苑団地（仙台市太白区大﨑町）　写真：ST

おおとや公園

通路/崩落

赤松/転倒

石垣/損傷

1班

3班

2011

3/11

宅盤/亀裂

家屋/傾斜

門・瓦/破損

擁壁/破損

地震避難所：芦口小学校体育館＝3/11(金)～3/19(土)開設

青葉苑町内会から　3/11(15人)、3/12(9人)、3/13(10人)

#3 青葉苑団地

写真：ST

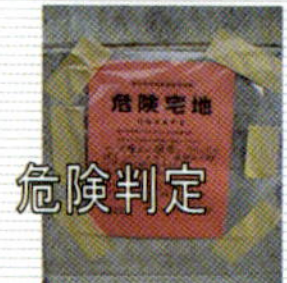

仙台市内
丘陵部の宅地被害

・危険判定 794宅地（全市）
青葉苑5、
・要注意判定 1,310宅地（全市）
青葉苑11

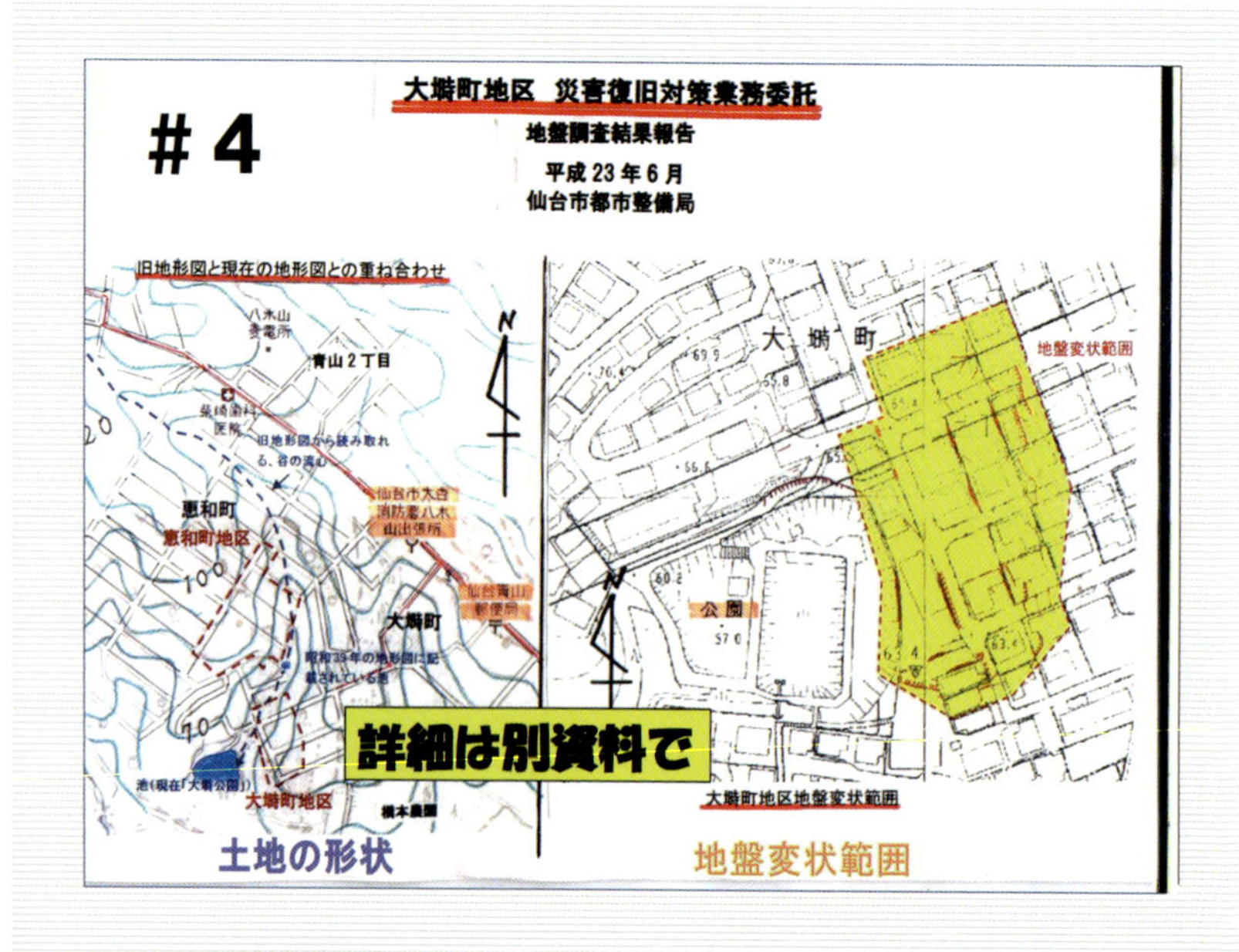

大崎町
#5
C-C断面
D-D断面
E-E断面
F-F断面
A-A断面
B-B断面
詳細は別資料で
公園
ボーリング（地下水観測孔仕上げ）
地中傾斜計:
地すべりの滑動を監視することを目的とし、ボーリング孔に設置したガイドパイプ内に孔内傾斜計用測定器(プローブ)をガイド溝に車輪を沿わせて挿入し、孔底から50cm間隔でプローブを引き上げ停止させながら深度毎の傾きを継続的に測定する。
データ処理の結果は、下の図のとおり。
X:次頁に断面図
A-A断面、B-B断面、D-D断面
標準貫入試験:
土の硬軟等の指標となるN値を求めるため、ボーリング 1m 毎に実施する。
試験は、サンプラーをボーリングロッドに接続して孔底に降ろし、質量 63.5kg のドライブハンマーの打撃によって、サンプラーが 30 cm貫入するのに要する打撃回数(N値)を求める。
ミニラム:
標準貫入試験と同様土の硬軟を調べるが、標準貫入試験より簡便な方法である。
試験ではロッドの先端に取付けたコーンを、質量 30.0kg のハンマーで打撃し、コーンを 20cm 貫入させるのに要した打撃数を求め、所定の式により換算して、換算 N 値とする。
地盤硬軟→N値測定（ハンマー打撃回数）

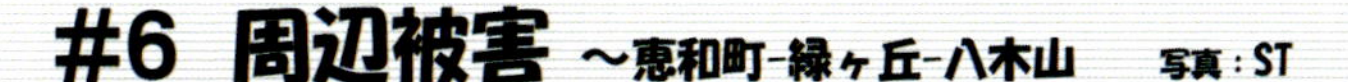
#6 周辺被害 ～恵和町-緑ヶ丘-八木山 写真：ST

郵政研修所
恵和町
支援感謝！全国・世界へ
全国から各種支援
Ex.給水車＝北海道帯広市
緑ケ丘

#7 周辺被害 ～ 緑ヶ丘-松ヶ丘-青山　写真:ST

緑ヶ丘
4丁目
避難勧告
102世帯

仙台市⇒損壊家屋の解体・撤去

松ヶ丘/青山

緑ヶ丘

#8 朝の来ない夜はない 前に！　写真:ST

石巻市

がんばろう東北

仙台市・定禅寺通り

頑張らずにガンバリます(^o^)

編集作成:青葉苑町内会長　髙橋信哉　完

12 〔感想文〕布施康二郎氏（宮城県庁同期生）の自分史への感想文

私が大学を卒業し１９６４（昭和39）年に宮城県庁に入った辺りの時代背景を概略次のように理解している。新産業都市建設促進法が１９６２（昭和37）年に公布・施行され、京浜・京葉・中京・阪神・北九州を除く地域に新たな開発拠点を整備すべく、全国で15地域が「新産業都市」に指定された。仙台湾地域も指定されたことで仙台湾に面したエリアでは掘り込み型港湾建設（現仙台港）と隣接工業団地造成が急ピッチで進められた。私の興味に特化すれば宮城の場合は他県との比較で遅れていた工業試験場（工業技術センター）が課題であった。

１９５５年からオイルショック前の１９７３年までの18年間は、年平均経済成長率が10％を超え「高度経済成長時代」と云われる。それを推進したエンジンの一つが新産業都市建設促進法だったと私は整理している。

さて私は１９６４年４月１日に宮城県知事から「技師」の辞令を頂いた。筆記試験は国家公務員採用上級試験「機械」に合格している由で免除されたが論文試験は課せられ面接を経て４月１日に登庁するよう通知が来た。

総務部・民生部・衛生部・農林水産部・土木部等ではなかろうと予想した通り、頂いた辞令は「商工労働部商工振興課勤務を命ずる」だった。そして係は「工場誘致係」だった。翌日上司から言われた事は次の3点。私は工業技術センター要員としての採用であること、工業技術センター構想を商工労働部内で固めている最中であること、ついては貴男が蓄積していることを活かして暫し工場誘致係（係長以下7人）で頑張ってほしいことの3点だった。更にセンター要員としての採用は取り敢えず2人で、私の他には12歳年上の高野一郎氏（故人、東北大学工学部卒、後年工業技術センター所長）であることを間もなく知ったのである。

私と同様に新規採用で商工振興課工場誘致係に配属されたのが東北学院大学経済学部卒で宮城県職員採用上級試験「経済」合格の布施康二郎氏。2人は同じ係で机を並べることになったが、驚いたのは辞令を頂いた4月1日から夜9時過ぎまで共に残業させられたこと。仕事は工場誘致の当面のターゲットである大手企業へのプレゼンテーション資料作成。初年兵2人の初日の仕事は読み合わせ等のルーチンワークだった。残業終了時に頂いた重箱弁当の美味しかったこと。そして来る日も来る日も残業が続いたのである。新産業都市指定から外れた県も工場誘致は知事マター。他県との間で熾烈な誘致合戦が繰り広げられたことは言うまでもない。

振り返れば1964年はビッグニュースが連続した。6月16日のM7・5新潟地震、10月1日の東海道新幹線開業、そして10月10日開会の東京オリンピックである。苦あれば楽あり、楽あれば苦ありの新しい時代の到来を予感させるに足るエポックメーキングな年だったと私は総活している。
２００６年に現役をリタイアし9年の時間が流れた２０１５（平成27）年6月、その布施氏から『我が生い立ちの記――青春編』の冊子を頂いた。藍色をベースにしたソフトカバーで１５４頁に及ぶ重厚な自分史。宮城県庁同期で、入庁初日から同じ釜のメシを食った仲であり、陰に陽に助けてもらった友人である。当然ながら送られた自分史をシッカリと読ませて頂いた。送った感想文は次の通り。

〈感想文〉

前略
『我が生い立ちの記――青春編』を読了しました。私の病は両慢性副鼻腔炎で、即ち蓄膿症の手術で9日間の入院中（8月27日～9月4日）に読みました。手術の3時間は全身麻酔だから楽でしたが？　その後の診察・血塊除去・治療・清掃は痛かった。看護師が治療直前の痛み止め薬服用をアドバイスしてくれたので少し助かったかも。9月4日に退院。後は週に2回、三好耳鼻咽喉科に通います。いつまでかは？　時間は十分にあったので精読とまではいかなかったけど、感想を語るには不十分だけど、興味あった箇所をピックアップし、以下に書き下ろして、読後の感想に代えます。とにかく真に精緻な『自分史』だと感じ入りました。

電車通りを挟んで自宅の目の前が養賢堂（伊達藩学問所）だったとは。素晴らしい所で此の世に生を受けたものだねー。そして養賢堂の防空壕で救われて、さらに養賢堂の側の県庁西庁舎で初任給1万6０００円（笑）を頂くことになったのだから、何ともはや浅からぬ因縁を感じました。

7月10日の仙台空襲がＢ29だったことは知っていましたが、80機だったこと、約3時間の爆撃で焼夷弾1万3０００発だったこと、そして死傷者数も私のメモリーには有りませんでした。次の機会があれば、仙台空襲をよりリアルに出して会話してみようかと感じた次第。

何故なら、例えば私が65歳の時に気付いたのは、サンフランシスコ市民の太平洋戦争は「真珠湾攻撃＝奇襲攻撃＝卑怯」だけと言って過言でなかったから。

勿論、米軍の原爆投下は知っていましたが、戦争を早く終結させるためとの論理で罪の意識はゼロ。Ｂ29による無差別爆撃も殆ど同じ論理。私の反論が一般日本人の反論が珍しかったみたいだから我々のアピール不足こそ問題。

英国でも事情は同じ。五十歩百歩。我々の課題は、市民レベルでのコミュニケーション密度が他国との比較であまりに少ないこと。『生まれて初めて日本人としゃべったよ！』と米・英の一般市民との交歓で何度か言われました。中国・韓国との比較で留学生も減少傾向で、『日本人は引き籠もりですか？』と言われた時は悔しかった。「婚活」は良いけど、「就活」でオタオタシテいる日本は変だと言った教師もいたなー。

上杉山通小、片平丁小、更には東六番丁小学校と3回も転校したのですか。その原因の一つが台風で家を流された為というのも凄まじいねー。昭和22年から25年まで連続して宮城県を台風が襲ったのはよく覚えています。鳴子温泉を流れる荒雄川（江合川の上流）の水害は本当に怖かった。鳴子ダムはそれらを教訓にして計画され、設計そして工事が始まったのですから。

昭和25年8月の水害で箱船の如く流されて、回収出来たのは箪笥の側板だけとは、涙も出なかったでしょう。

北六小学校には転校しなかったけど校歌は覚えたとか、市電での通学や、更には若尾文子の青春映画なんぞも、行間に映像が見え隠れして何とも哀愁が漂ってきますね。私も少年期に『十代の性典』という若尾文子の映画を悪友3人と鳴子劇場でこっそり見た覚えがあります。何でこっそりだったのかは「悪いことをしているのだ」という強迫観念があったのかも。何せ母が学校の先生だったから。振り返れば何かいじらしい感じだね。

そして東六番丁小学校での想い出は女生徒が結構具体的に描写されていますね。1人2人の女子じゃないから、名前もカタカナではなく、それぞれの個性にも触れて描写も具体的なので面白く読みました。劇で野口英世役とは凄いね。彼女等の何人かに本を謹呈したのですか？

思春期は誰もが半分はセックスに関わる煩悩・空想・妄想で、大兄も例外ではなかったから、この辺りの描写は興味深く読ませて頂きました。『たけくらべ』の信如と勝気な美少女／美登利の世界だねー。

仙台市立五条中学校では、真山青果・長女作の『夕鶴』の観劇から始まって演劇に強く惹かれた「こころ」がよく読み取れました。驚いたのは中学校時代に小学校卒業時のクラス会をよく開き、八木山方面や七ヶ浜等へハイキングしたくだり。私は鳴子温泉での小中学校だったので、相対比較でマセていた生徒が多かったから、大兄のような想い出は皆無。羨ましく思いました。

仙台二高は今や仙台一高を遥かに引き離し偏差値がダントツですね。私の古川高校同級生の渡辺義之君（県教育次長もやったから御分かりかな？）も仙台二高の校長が最後でした。彼は飲み仲間でもあるので仙台二高の現況はよく承知しています。何と大兄・息子そして此度は孫も仙台二高に入ったのですか！　凄いねー。

家が貧しくて自転車を買ってもらえず1時間の徒歩通学でしたか。だから肺結核に？私は、高校時代は陸羽東線の汽車通学で当時は鳴子〜古川は70〜80分でした。古川女子高の同級生達が眩しく見えたものです。勿論8両編成（新庄からのC58蒸気機関車）の列車は伝統的に男女高校生は別々の車両。それから多くの級友が小野田や宮崎、瀬峰の奥から自転車通学で片道1時間はザラでした。

私もこの辺りをフィクションで書き下ろしたら、甘酸っぱい面白い読み物になるねー。でもモウ無理かな。

高校1年次に大兄の同級生だったクラスメートが、旅館で心中して亡くなったのですか。私も似たような想い出が有ります。鳴子中学校時代はテニス部でしたが1年下の老舗旅館の才媛が、高校は古川女子高でなく仙台に行って（宮城学院だったかなー？）私が高校2年の時、風の便りだから極めてアバウトですが、何と失恋したとか恋のもつれとかで、八木山吊り橋から飛び降り自殺したのです。若いのに、その凄まじい行動に愕然としました。

彼女の名前は、私にしては珍しくも漢字であやまたずに書けるから美人に入る目立った女子でした。思春期から更に大人の世界に入る辺りの乙女等の激しい揺れ動きに私なりに感じるものがあり驚かされたのです。

高校2年次に肺結核で11月入院は「青春時代の一頁」として貴重だったと思います。白衣の看護婦さんに憧れたけど、現実は『坊や』あつかいされて淡いロマンスも儚く露と消えた辺りも愉快だねー。私は母一人・子一人で小学校時代は私も「坊や」と呼ばれました。但し『ナフタリン坊や』。

背景は御想像の通り。比較すると大兄の相手は女性で「甘い想い出」、私の方は大人の男達で「苦い想い出」。エライ違いだねー！

1年遅れで復学したら仙台二高にも「暴力教室」が有ったとは意外でした。1学年300人弱（6クラス、2年生まで成績順のクラス編成。3年生の時に廃止）の古川高校に無かったのは、運動部には夢・目標があり、その他は自宅までの帰りの所要時間が半端じゃなかったせいかなー？

嫌な想い出だったようだけど、大兄が暴力行為を抑える先頭に立ったこと、そして社会人になってからも同期会で彼等を詰問したなんぞは立派。真に心の琴の糸を張った大兄の多感な二高時代を彷彿とさせられました。

東北学院大学入学と同時に「60年安保闘争」でしたね。私も学友等と総武線に揺られて、国会前でデモに加わりましたが、レベルが全然違いますね。

「布施君！　整然と行進して下さい」と県警のマイクで注意されたのは、やはり一際、大兄が目立っていたからマークされていたのでしょう。

社会科学研究会（社研）に所属したことが青春時代を、とりわけ密度濃く膨らませたことがよく伝わってきました。農業体験も「へー！」と眺めましたが、やはり輝いたのは「東北学院大学・学生会」で横浜満委員長と共に自らは情宣部長で活動した辺りですね。いかなる組織でも町内会でも活動の中核は情宣活動。大勢の学生を前にアジ演説も少なくなかったろうから、折々に輝いた自分を今もしっかりと想い出せるに違いない。

例えば大学祭のスローガン『大学と市民を結ぶ大学祭　明日の世界観　人生観の確立の為に　人間疎外の克服と時代閉塞の打破の為に　我等の真の自由と学生生活の向上の為に若きエネルギーの結集を!!』。

このスローガンも閥・特権を向こうに回して敢然と立ち向かう若者の息吹が感じられて素晴らしい。これは大兄の素案がそのまま決定に至ったに違いない。

振り返って私の大学祭は実学の世界で「ものづくりの手法展示＆プレゼンテーション」

だったから、比較して何とも地味だった。

「憲法問題について」分析、情宣、布施康二郎は、「制定経過の問題点」「前文における問題点」「運用の実際における問題点」と章を立て、難しい語彙を駆使し、憲法第12条で理解と実現への努力を呼びかけて締め括ったあたりは、「宮城県職員・上級職採用試験合格」も、ムベなるかなと率直に感じました。

13頁に亘る東北学院大学・学生会活動報告書も全面反対から条件闘争に切り替えたとか憲法問題に傍観的な学生連に必死の思いでアクションする等、エポックメーキングな動きの連続で、これでは『自分史』にしっかり書き込んでおきたいとの思いに駆られたのは当然の帰結だったと、よく分かります。ジャーナリスト&作家の立花隆も高齢シニア世代はすべからく『自分史』を書くべきであると勧めていましたが大兄の此の成果を手にすれば将に然り！

ゼミナール時代の中身も面白く拝読しました。私の場合は「熱力学研究グループ」（例えばエンジン性能比較検討）で長時間の実験データ取りが面白かった。というよりは実験中の「麻雀」の方が面白かった（笑）。比較するととんでもない差だねー。

小樽商科大学との合同ゼミを仙台で開いたくだり。両大学の発表と討論、更には東北学院大学・田中九一教授の講評は括目するところ大でした。

理科系はこのような甲論乙駁は無い。何故なら有るべき結論はお互いに分かっているから、そこに至る為の微調整の技術論では盛り上がらないということかなー。我々のレベルでは意見交換の必要を感じる人が少ないということでしょう。

田中九一先生には2年間に亘って専門分野で薫陶を受けたのですね。満鉄で終戦を迎えてシベリア抑留で7年でしたか。私の母の実兄（伯父）も「ラーゲリ」で強制労働の刑を受け、栄養失調で日本に帰されて結局は数カ月で古川市立病院で亡くなりましたが、母の実家の大黒柱（赤紙での応召）だったので小さかった私ですら恨みに思いました。

田中九一先生は7年間のラーゲリでしたか。先生は私のダイジェスト的知識から見て『1984』のイギリスのジャーナリスト、ジョージ・オーウェルと重なりましたが的外れでしょうか？　先生は99歳で逝去でしたか。大兄の惜別の情、如何ばかりだったかと拝察しました。


就活に関して「七十七銀行」から蹴られたのは、学生運動の活動家と見られたからでしょうね。でも「宮城県職員採用上級試験」に合格したことの方が遥かに良かったと思います。専門の「経済」を下敷きにオールラウンドで関わったのだから波瀾万丈の人生に更に輪をかけたに相違ない。

最後の締めでも田中九一先生が出てきますね。柔和な物腰を貫く不動の人生観、世界観、信条に痛く啓示を受けたのでしょうね。大兄が清冽な夜空に輝く星辰を仰ぎ見ている感じです。「真理・良心に忠実に生きること」と教えられたと有りますが、その実践が〝得度〟だったのかと勝手に思い巡らしました。卒業アルバムの人物評『口角泡を飛ばし、身振り手振りも鮮やかに論駁する彼の存在はゼミ内の注目の的』はよく分かります。ダンスも習ったようだけどモノになったのですか？　私も少し習いました。

最後に、渾身の自分史を読ませて頂きました。ありがとう御座いました。

御家族みんなが大兄の生きざまに拍手を送っているに違いない！　上梓おめでとう御座いました。

了

髙橋信哉

2015年9月19日

追伸

フィナーレで幼友達が出てきましたね。『待つことの出来る人間だけが永遠の愛を持つことが出来る』は『聖書』ですか？　それから、あとがきの中村雅俊が歌う『君がいてくれたから』の記述は、奥様への感謝であることがしっかりと伝わってきました（笑）。

13 〔手紙〕辻薫氏（千葉工大同期生）中学生対象のボランティア活動に手紙

辻薫氏は私と同じ千葉工業大学機械工学科で学んだ仲。ところで私が機械工学を選択した背景は次の通り。一つは中学・高校を通して理数科の方が点数が高かったから。二つ目は幼少時から国鉄・陸羽東線（小牛田―新庄）を走るC58蒸気機関車を眺めて育ったからだ。私は蒸気機関車オタクである。

補足すれば高校時代も汽車通学で、ラッシュで満員の客車8両を黒煙を上げ蒸気を吐きながらパワフルに牽引するC58が好きだった。とりわけ複雑に往復を繰り返す大小のピストンの動きに痺れた。逆に動きのパワーが見えない電車には興味がなかった。高校2年の時、夕方の仙台駅1番線ホームでC62蒸気機関車が牽引する濃紺の客車10両編成の青森行き〝特急はつかり〟の雄姿に痺れ、いささか興奮したことが今も脳裏に鮮やかだ。だから私は機械工学だった。

序でながら八戸から来た男が機械工学を目指した理由はもっとダイナミックだ。昭和32年出版の『ロンドン―東京5万キロ』（朝日新聞社）に啓発されたのだと語った。私の書棚に今も並んでいるので改めて取り出して見たら、ソフトカバー、四六判、306頁で定価280円。

私に取っても刺激的な内容だった。朝日新聞社の辻記者と土崎カメラマンが国産車トヨペットクラウンで、途中多くの街や村で欧米の車ではない日本車であることに気付かせ驚かせ、話題を振りまきながらロンドン―東京5万キロを8カ月掛けて完走したノンフィクションである。未だ認知度が低かったメイドインジャパン車の快挙。そこで彼は「俺も機械工学だ」と決めたのだという。現に彼はトヨタに入ったのである。

大きな工場建屋にズラリと並ぶ旋盤をはじめとする工作機械と人々の動きに魅せられて機械工学を選んだという男も少なくなかった。

それにしても定年退職し後期高齢者に入ってもなお「モノづくり」に関わっている男は極々少数だろうと思っていたが、そうした中で辻薫氏から送られてきた手紙と資料にいささか驚き返信したのが次の手紙である。

13〔手紙〕辻薫氏（千葉工大同期生）中学生対象のボランティア活動に手紙

〈手紙〉

前略

〝おもしろ科学たんけん工房〟の冊子、とりわけ貴兄が中心になって進めてきた特別教室「中学生のための模型飛行機教室」に関わる箇所を興味深く拝見。何と貴兄は2002

年からボランティアで当該フィールドでアクションしてきた由。『〃モノづくり〃と〃お祭り〃を忘れた民族は滅びる』が口癖だった日立技師長から東北大工学部に転身した尊敬する故渡辺眞教授（私も弔辞を上げました）を想い出しました。貴兄の行動コンセプトもその辺りだね。現役第一線を離れてもモノづくりに寄り添いながら、自身もワクワクしながら己を律してきたみたいで率直に敬意を表します。

一方私の場合は２００６年６月（65歳）に全ての公務を辞したその日から、カッコ良く言えば舵とギアを「国際化」に切り替え、新たなロードマップを睨みながら現在に至る——というわけだから、私のそれは明らかに貴兄の航跡とは違いましたね。それでも私も「呑み会」は現役時代のモノづくり系ネットワークの繋がりが数も多く元気を貰えてます。殆どが「山賊の酒盛り」。

例えば７月４日の市内中心部居酒屋での「呑み会」は、地元の中堅モノづくり企業代表や、水産系の養殖技術開発に打ち込んでいる東北大教授／英国人や、東北工業大学でモノづくりコーディネートに汗を流している元県産業技術総合センター所長の男性、前県産業技術総合センター所長から県立宮城大教授へ、そして東北福祉大学に転身し工学系の各種ノウハウを起業家育成ミッションに活かすべく行動している男性。県教育長として２万人を束ね「四国八十八カ所遍路巡礼」後に行政書士事務所を立ち上げた男性等々。多士済々です。

言うなれば私だけが自己中心的でカナリstrange。リタイア後の「舵」の切り方がonly one的で面白いと云われたりしますが、要するに私だけが「この道一筋」ではない変わり種。冒頭に何故こんなことを書いたのかといえば、貴兄の「白秋」以降のライフスタイルは「この道一筋」に近い。言葉の使い方が変だけど「保守本流」（笑）だと感じたから。「この道一筋」が一番カッコ良いと私は思ってるから。

前段がいささか長くなったけど、せっかくの機会なので「貴兄のボランティア活動に関わる私の感想」と、「私の此れまで」と、「私の此れから」の3点に絞って以下に書き下すので軽く流し読みして下さい。

〈貴兄のボランティア活動に関わる私の感想〉

２０１６年度で既に15回を数えたとあるから、「飛行記録会・飛行体大会」は言うなれば仕上げの〝お祭り〟で、その前後のPlan Do Seeの全ての場面で中心的に行動してきたわけで半端じゃないね。モノづくりの「こころ」を実践を通して〝後生〟に伝えたいという貴兄そして当該ＮＰＯ構成員各位（１００人超）の哲学と此れまでの活動に先ずは敬意を表します。序でに私が〝後生〟に対して語ることが一つ。「〝夢〟は大事。“Plan” も大事。but一番大事なのはDoだ！」と。

貴兄が会場に集まった生徒に飛行理論を教えているのだろうね。私の知識も半端だから生徒になりたい感じ。それから風洞実験は具体的にどんな手を使って教えているのか視覚的にチョット興味が湧きました。

中学生が竹ひご&紙貼りで手に取って、自分で組み立てていくDoが大事なんだよね。「体験塾テーマ集」を眺めると飛行体に焦点を当てた講座が結構あるから、受講対象者を増やすべく彼等に60秒以上！　も飛行する高性能飛行機を自分で作ってみないかと提案・アピールする手があるかも。

7月22日の辻堂海浜公園での記録会は〝お祭り〟だよね。天候に恵まれるよう400キロ先から祈ってます。そして当該プログラムを明日へ繋げるためにも（例：後継者養成が課題？）全員で大いに楽しんで盛り上がって下さい。

〈私の此れまで〉

病気療養の記述で、他と重複するので省略。

〈私の此れから〉

勿論「遊び」の世界です。未だヤリタイことがあるので「病気」に付き合ってるヒマは無いけど仕方ないから『療養と遊びの2本立て』で進みたいという辺りが本音。もとより第一順位は「療養」。

13 〔手紙〕辻薫氏（千葉工大同期生）中学生対象のボランティア活動に手紙

ヤリタイことは①拙著英国紀行文の英訳で現在進行形。②短期語学留学。③一人旅。このうち「一人旅」は短期・列車旅・テーマ「茫」で虚実皮膜の時空へ自らを誘う遊び。例えば豪州大陸横断、イベリア半島、スコットランド等。友人が「ホントに豪州大陸横断するのか？」と言うから「成田からシドニーに飛んで、即大陸横断寝台列車に乗って、茫漠たる原野を胸に刻んで、西海岸パースで印度洋に沈む夕日を見たら帰ってくる」と答えたら笑ってました。イベリア半島ならトラファルガー岬（大海戦）を遠望。陸上競技場に喩えれば４００ｍトラックの第４コーナーを回って、最後の直線に入ってきたから実際に出来ることは少ないかもしれないけど。

冬将軍という言葉があるけど、関東以西は繰り返し猛暑に見舞われるから「夏将軍」という言葉も可笑しくないよね。くれぐれも健康第一で御自愛下さい。貴重な資料を恵送頂き有り難うございました。

草々

辻　薫　様

２０１６年６月21日

髙橋信哉

追伸

家内は乳癌で私が57歳の時に死別（享年53歳）。その後子供2人も結婚で家を出たので約15年間は孤食でした。２０１６年夏に３・11東日本大震災で傷んだ自宅を解体撤去。同じ場所に長男（施主）が木造2階建てを新築。２０１６年末からは5人家族。私が南向きの一番良い8畳間（笑）。御蔭で炊飯・掃除・洗濯etc.からも解放されて自由度が増しました。余談だけど自分のパンツや下着は自分で洗濯しようと思っていたら嫁さんからにこやかに「私がやりますから」と言われた時はホント嬉しかった。先ずは「2本立て」で頑張らずにガンバリます。

拝

（追記）

私の卒論は熱力学の今泉英三教授に就いて、高圧蒸気ボイラーの基本設計で何とか卒論をクリアした。イギリス一人旅でグラスゴー大学〝ジェームス・ワット研究所〟を覗いたのも学生時代への郷愁の為せる動きだった。

辻氏の場合は流体力学系の理論を踏まえて、タービン翼列特性の解析で卒論をクリアしたことを彼の第2便で知った。実は、彼は小学生の頃（香川県）は近所の竹林から取ってきた竹を割って竹ヒゴを作り、捨てるしかない桐下駄を削ってプロペラを作り、大人用パンツの長いゴム紐を母親の裁縫箱から失敬して飛ばしたのだという。作っては壊し、壊しては作って遊んだというから夢中になって打ち込んだ彼の少年時代が目に見えるようだ。

後期高齢者になった今もNPO法人おもしろ科学たんけん工房の仲間達と中学生に教えながら、自らもワクワクしながら数分間も飛ぶゴム飛行機を飛ばして楽しんでいるという。どうやら延べ数百名の中学生を相手に風洞実験も見せながら流体力学の基礎知識を自ら教えているらしい。彼は、単純に趣味が高じて好きな事をやっているだけで、モノづくりの技や心を伝授するといった高邁な使命感はないのだと語った。それにしても集まってくる中学生の数は半端ではない。彼は細面で眼鏡を掛けて歯切れも良く、常に笑顔を絶やさない好男子である。彼が見せる「形」とエネルギーのトータルが子供達を引き付け、彼等の心に熱い何かを送っているに違いない。私は彼の中に男のロマンを見た。

（註）ＮＰＯ法人　おもしろ科学たんけん工房（神奈川県）
設立：２００２年
活動エリア：横浜市、藤沢市
活動内容：科学体験塾の開催、小学校課外授業への協力etc.
詳しくはホームページでどうぞ。

14

〔講話〕「イギリス一人旅」終活の中での依頼プレゼン2016年版

2006年6月現役をリタイアし9月に渡米。サンフランシスコの語学学校で11カ月間英語を学んだ。生徒数が常時200人超のサンフランシスコでも大手の学校だったが、留学生はメキシコ・ブラジル他の中南米ラテン系と中国・韓国・台湾・タイ・日本のアジア系が勢力を二分していた。フランス人学生が散見されたが例えばアフリカ系や中近東からの学生は皆無。友人から、イギリスなら英語を学ぶためにアフリカも含めて世界中から集まると聞いたので、2回目の「語学留学」はイギリスにしようと決めていた。

ケンブリッジを選んだ理由について教師から尋ねられた時はノーベル賞90人を生み出した町に興味を覚えたからだと言っておいた。付け加えればノーベル賞がスタートしたのは1901年だからケンブリッジ大学（トリニティー・カレッジ）で学んだアイザック・ニュートン（1642－1727）や同じくケンブリッジ大学で神学を修めたチャールズ・ダーウィン（1809－1882）もノーベル賞は無縁。理科系の勢力が古来強かったからだろうが、オックスフォード大学よりもノーベル賞受賞者が圧倒的に多いので、どっちにしようか考えた時に迷わずケンブリッジにしたというわけ。ロンドン含め他の都市は念頭になかった。

学校での授業内容は生徒同士のディスカッションが多いこと。例えば現に進行中の紛争や民族対立の時事問題でも、自分の意見感想を語れなければ肩身が狭い。英語が流暢かどうかは二の次なのだ。私がディスカッションに関わった時はアラビア半島ソマリランド沖の海賊船横行が議論されたりしたから只今現在はＩＳ問題やシリア難民問題を俎上に載せているかもしれない。

私の基本スタンスは未知体験志向の一人旅だが英語のスキルアップを伏線にしている。だから語学留学と鉄砲玉ツアーの２本立てだ。緊張度合いが高いのは勿論前者である。拙著『グレイトブリテン一人旅』では授業での具体のディスカッションの幾つかを掲載したが、さらに加えて学生寮で、パーティーで、学内カフェテリアで、近くのレストランで、彼等と語らった中で印象に残っている発言を順不同で次に列挙する。

〔サウジ：男子学生〕「アラビア語だけでは上の階層に入れない。英語が出来るかどうかで差別される。英語の流暢でない人は下層階級に位置付けられる」

〔イタリア：女子学生〕「英語の原語を辿れば、英国生まれは殆どないのに、今や英語が世界共通語。この覇権がいつまで続くのか？　なんとなく悔しい」

〔ウクライナ：女子学生〕「ソビエト連邦時代、ウクライナ語も弾圧された。ウクライナ語での出版は禁止されロシア語only。独立したから今はOK。ロシアは嫌い。ロシアが嫌いだから自分は英語をやらないと生きていけない。日本は日本語だけで生涯を送れるそうだね。英語駄目でも会社の幹部にもなれるそうだけど本当ですか？」（彼女の英語は速すぎて常に教師から注意）

〔中国：男子学生〕「英語を公用語にしている国は60カ国超だが、中国語を公用語にしている国は2カ国だけ。これでは中国語人口は英語人口の3倍13億人でも、中国語が世界の共通語にはなれない。世界を股に掛けたビジネス展開は英語スキルが必須。英語留学の行き先は英国がダントツだよ。何故ならアフリカや中近東の英語に慣れる必要があるから」（日本は甘いと感じた）

〔ドイツ：女子学生〕「ベルリンにも勿論英語学校はあるけど生徒は殆どドイツ人だけ。日本だって英語学校は日本人だけでしょうね。ラテン系の英語のPとCの発音に慣れるのは、ドイツでは難しい。日本も同じですよね」

〔ガーナ：女子学生〕「日本は大学の教科書も日本語で書いてあるそうですね。母国語で大学の教科書が書かれている国は世界で一桁でしょうね。日本は偉いです。だからアナタも英語は適当に勉強すれば良いのでは」（滑らかな英語）

〔スペイン：男子学生〕「日本の『源氏物語』は翻訳されて図書館に入っていますよ。

ノーベル文学賞を受けた日本人は少ないそうだね。私は村上春樹がいずれ受賞すると思いますよ。実際ワクワクして読んでいるから」

授業のディスカッションの中でも、チラッと母国語と英語の話が出たりするが教師が直ぐ割って入る。「貴君の英語は未だ改善の余地大だから、とにかく英語に集中しましょう!」確かに言語の話題はナショナリズムを刺激し、ギクシャクしかねないから教師も細心の注意を払っている感じだった。

さて2013年10月にイギリスから帰国し、2014年9月に拙著『グレイトブリテン一人旅』を上梓した。『河北新報』にも掲載されたことで、それを契機にパワーポイントでのプレゼンテーションの依頼が舞い込むこととなった。そこで講話「イギリス一人旅」と題して実際に使用したのが次のパワーポイント画面(2016年版)である。所要時間約1時間で語ったものだが画面を時系列で並べることは敢えて避けている。学会発表ではないのでチェンジオブペースを意識。画面は次頁からの計16画面。画面の一部に関し口頭で補足したことを144頁以降に付記している。

#1 イギリス一人旅

高橋信哉　2016

2013/6/22～9/14 ⇒ ケンブリッジ (語学留学)
〃　9/14～10/18 ⇒ グレイトブリテン (一人旅)

#1 私の此れまで

＊ 1941/1生 ⟶ 2006/6 県庁 退職 (65歳)
＊ 宮城県庁退職 ～ 現在まで ― 私の"終活"の主な動き

- 2006/9～2007/9 米国渡航 ＝ サンフランシスコ & 米国横断 一人旅
- 2010/4～2013/3 町内会長 ----- 2011/3/11 東日本大震災
- 2013/6～2013/10 英国渡航 ＝ ケンブリッジ & 英国縦貫一人旅
- '終活(65歳～)'での 本出版 3冊

1

#2 英国 4カ月 費用 (語学留学&一人旅)

in 2013

総予算　130万円　高いですか？

1万円/日×4カ月＋予備費10万円

〔主な出費〕

○飛行機代　12万円 (エコノミー)
○授業料(3カ月)　25万円
○宿泊費(3カ月)　1,500円/日/学生寮

学生寮 ↑

← セント・ジョンズ・カレッジ

○ブリットレイルパス(鉄道1カ月)
普通車 乗り放題　6万円
○旅の宿　3,000～10,000円/泊
B&B、ユースホステル、(ホテル)
○食費、海外旅行保険、交流交際費　etc

注) 通学 5km は 毎日ウォーキング
注) この時、為替レート 1£=160円

← ヨーク駅

ユースホステル →

2

#3 英語力アップ ＆ 国際交流 in 2013

＊ 英語＝第一外国語 ⟹ アフリカ 、アラビア、イタリア、 韓国、 スペイン、中国、中南米、 トルコ、ドイツ、フランス、リトアニア、ロシア etc.

学校↑

↓宮城のセールスマン
懇親会スピーチ

トルコ学生に御返し

イタリア軍団 ↓

杉原千畝 in リトアニア

#4 学都 ケンブリッジ 滞在 3カ月 in 2013

ノーベル賞 90人の町

↑フィッツ ウィリアム 博物館

ケム川 ↑↓

8月に白鳥 ？？

↑キングス・カレッジ

パント（平底舟）→

#5 ロンドン　滞在 11日間　in 2013

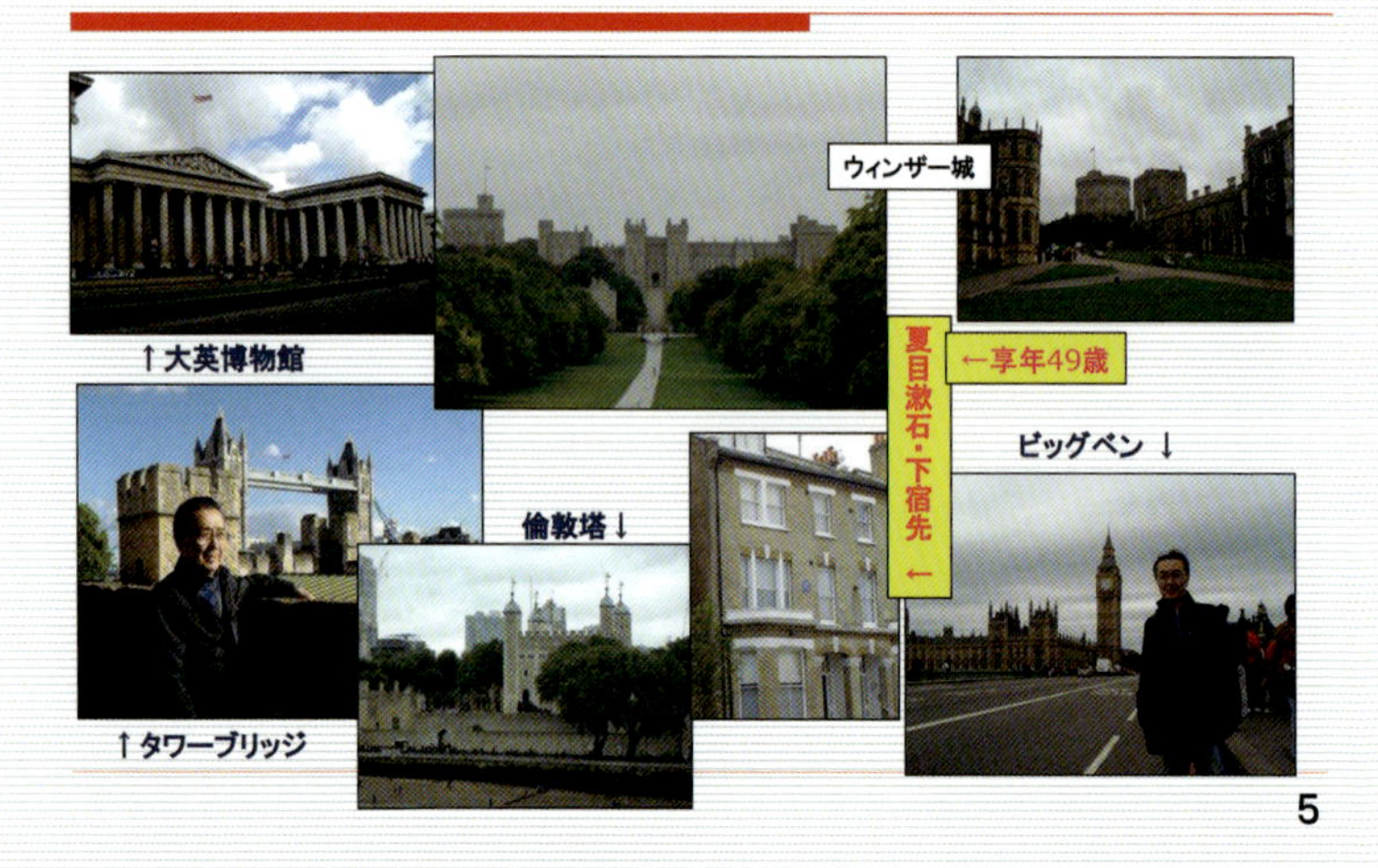

#6 なぜ一人旅？　グレイトブリテン 一人旅 33日間

例えば植村直己（1941/2/12～1984/2/13）

五大陸最高峰・単独登頂、厳冬マッキンレー遭難

堀江謙一（1938/9～　）

1962・『太平洋ひとりぼっち』→サンフランシスコ名誉市民

加藤文太郎（1905～1936）

小説『孤高の人』新田次郎著（1980没）

映画『鉄道員（ぽっぽや）』（1999）
主演 高倉健　降旗康男監督
ローカル線終着駅の駅長で定年間近。
妻の死看取らず仕事一筋。男の哀愁。
実は私が一番泣かされた映画だった！

↑スコットランド/フォース鉄道橋

＊「古希」以上の一人旅なら → 列車旅がベター

#7 ハワース （トレッキング） in 2013
□ 『嵐が丘』の舞台
ヒースクリフ＆キャサリン
＊エミリー・ブロンテ(1818～1848)
2013/9/23 ----ウォーキング
B&B→
B&B
ハワース・ムーア(荒野)↑
ヒースクリフの絶叫が荒野にこだまする
ブロンテ橋
↑トップウインズンズ
イングリッシュ
ブレックファスト
7

#8 スコットランド & エディンバラ in 2013
独立志向！
2014/9/18・住民投票
結果は 55:45
エディンバラ →↓
ピトロッホリー ↑
インバネス →
ネス湖
8

#9 城　コンウィ城・カナーボン城・カーライル砦　in 2013

#10 体験・見聞　した事ども　in 2013

- □ 大英帝国　パックスブリタニカ　ビクトリア女王在位1837～1901
- □ 保守的傾向　ex.ウォシュレット無し、マイカー→殆どマニュアル車　etc.
- □ 他人に不干渉　ex.世界遺産/最寄り駅に看板なし
- ★ 山？ 最高峰 ベンネビス山 1344m　集中豪雨なし？ 堤防なし？
- □ 税金　付加価値税20%　食料品は無税
- □ 食料自給率 74%（日本:39%）
- □ 魚売り場 → 肉類売り場の20分の1以下！
- ★ 電圧　240ボルト（トランス持参要、温度注意）
- □ 交叉点（ラウンド/アバウト）は車優先 →注意 ！
- □ 一時荷預所 → 過少（ex.鉄道駅でもまれ）
- □ 議会政治 ・蒸気機関 ・ニュートン ・ダーウィン etc.
- ★ 過去300年間 最大地震：2011/7/20　M 3.9（恐らく震度1or2）

パブ（居酒屋）↑

#11 湖水地方　滞在 3日間　in 2013

＊年間雨量2000mm　実は3泊4日 ⇒ 雨(-_-)

▲イングランド最高峰/スコーフェルパイク 978m

□　ビアトリクス・ポター　(1866～1943)

映画『ミス・ポター』(レネー・ゼルウィガー)

児童文学『ピーターラビットのおはなし』

出版 2億冊！

＊2004年 著作権保護

期間満了→→

↑グラスミア湖 ↓

↑ ワーズワース/終の棲家

3日間 雨模様 ;-_-;

#12 コッツウォルズ　滞在 4日間　in 2013

↑ボートン・オン・ザ・ウオーター

←↓ バイブリー ↑→

↑スワンホテル

#13 “終活”のスタイル

① 此の道ひとすじ

ex.創業者＆二代目、故M先生、市川團十郎 、研究一筋 etc.

② 趣味に生きる

ex.美術展入選(73歳)、百名山/踏破 (68歳) etc.

③ 教導啓発

ex.教育者、政治家、宗教関係者 etc.

④ 奉仕貢献

ex.地域福祉貢献、 各種ボランティア etc.

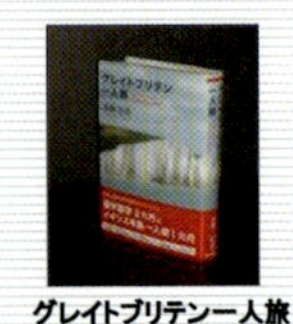

グレイトブリテン一人旅

＊私は 未知体験志向 での遊び！

リスク有りのプロジェクト は Plan・Do・See

#14 シュルーズベリー・カーディフ・ポーツマス in 2013

#15 セブンシスターズ・カンタベリー in 2013

#16「終活」を デザイン する

夢＆目標こそは生きる力

① 定年退職＝生前葬は侘し過ぎる
② リタイア～本葬の行動→「終活」
③ ハードル高いが実現性高い「夢・目標」
④ Plan Do See で慎重に丁寧に

エディンバラ城

ロンドン/パディントン駅

"終活" が刺激的 なら「笑って棺桶」
（現役組は先ずは '組織目標' の実現に邁進）

〔帰国 2013/10/18　ロンドン⇒成田〕

完

（付記）

＃1　1941年1月に生まれ、2006年6月に現役リタイアするまでの間は「光陰矢のごとし」。私の「終活」は未知体験志向の「遊び」。例外は3年間の町内会長。

＃3　語学学校でのクラスメートの1人がリトアニアから来た精神科の女医さん。やはり杉原千畝（第二次世界大戦を直前に控えた1940年、カウナスの日本領事館で外交官の彼は本国の訓令を無視してナチスの弾圧を恐れ押し寄せたユダヤ人6000人に自らの判断で通過ビザを発給）のことを知っていた。彼の国では教科書に出ており肖像を写した切手もある由。聴きながら胸に込み上げるものが有った。

ラマダン（2013年7月9日〜8月7日）期間中に、学生寮の6人で、私だけの経費負担で日本主催のディナーパーティーを開いた。トルコからの留学生2人が私の歓迎パーティーを開いてくれたことへのお返しだった。歓談の中でトルコの学生は1890年に、トルコ軍艦が和歌山県串本沖で遭難したこと、そして村人が救助に当たった事実を知っていた。トルコの学生から直に聞いた私の感動は御想像頂けると思います。

＃6　故人植村直己は私と同年齢、五大陸の最高峰を全て単独行で踏破した男。結局厳冬のマッキンレーにて43歳で遭難死。未だ遺体は見つかってない。

堀江謙一氏は『太平洋ひとりぼっち』のマーメイド号でサンフランシスコに入った。アメリカ不法入国の疑いで事情聴取、そしてサンフランシスコ名誉市民に。市長談話「コロンブスも不法入国だったからMr.堀江もＯＫで宜しいのでは！」。堀江氏の英語はサンキューとプリーズだけだった。

新田次郎の小説『孤高の人』は寝食を忘れて一気に読んだ。若干31歳で厳冬の槍ヶ岳・北鎌尾根で命を絶った昭和の初期を生きた男。最後まで単独行にこだわった男。今日の登山ブームの引き金を引いた1人。

全て自分一人で行動した彼等３人に屹立する男のロマンを見ます。ヘミングウェイの『老人と海』を読んだ時も同じ。繰り返しの利かない人生ならカッコだけでも真似したいが私にプレスト人生は不向きだ。理由は臆病だから。

男の一人旅は高倉健の映画『鉄道員（ぽっぽや）』（浅田次郎原作、降旗康男監督）でも強烈に感じた。北海道の1日４本の気動車1両が走るだけの間もなく廃線のローカル線。うら寂しい終着駅の駅長が高倉健（主演男優賞）。定年退職が迫っているが駅員は他に居ないから駅の宿舎で孤食の毎日。朴訥で職務に忠実なあまり妻の死を看取ることも無く、結局最後の気動車を送り出して自ら幕を閉じたラスト。男の哀愁がいっぱいで明るくなった館内で椅子から離れるのを暫し遅らせたことが昨日の事のように思いだされる。

#7　ハワースはエミリー・ブロンテの『嵐が丘』の舞台。エミリーは生涯独身で享年30歳。ハワースを離れたのはブリュッセルに留学した6カ月間だけ。その彼女が何故男と女のドロドロした情念の世界を描き切れたのか。ハワースの荒野に立てばキャシーを求めて彷徨ったヒースクリフの絶叫が聞こえてくるに違いない。そんな想いで私はハワース荒野約11キロの曇天下のウォーキングを楽しんだ。

#8　イギリスの歴史はイングランドとスコットランドの1071〜1707年に亘る戦争の歴史。スコットランド北部（ハイランド）の中心都市インバネスのパブで、1パイント（568ミリリットル）のビールをカウンターで受け取り、波長の合いそうなスコットランド人2人組の丸テーブルに近寄った。

ジョッキを傾けながら歓談した時に感じたことは、スコットランド人は半端でなくイングランドを嫌っていたこと。彼等のヒーローNo.1はネルソン提督ではなくて独立戦争を戦ったウイリアム・ウォレス。だからこそイングランドはエディンバラの町を見下ろすカールトン・ヒルに巨大なネルソン・モニュメントを造ったのだが。

スコットランドのイングランドに対する確執は戊辰戦争の比では無い。700年に及ぶ血みどろの歴史があったのだ。現に街中に閃き風になびく旗の殆どはユニオンジャック旗ではない。青地に白でXに染め抜いたスコットランドのセント・アンドリュース旗だった。

#9 イングランドのエドワード1世（1239－1307）の痕跡は難攻不落と称されるカナーボン城を始めとする10の城砦（鉄の鎖〝アイアン10〟）。ウェールズを平定し、スコットランドに臣下の礼を取らせたイングランドの英雄。ロンドンのウエストミンスター寺院に一際手厚く埋葬されている。しかしスコットランド人の評価は「極悪非道の男」だった。エドワード1世の子供は妃2人で19人。序でながら11代将軍徳川家斉の子供は50人以上でした。

#16 私の「終活」の「夢&目標」はハードルは高いが実現可能性のある夢・目標。実行プロセスはリスクがあるからPlan Do Seeで慎重に、丁寧に。一番大事なのはDo！「笑って棺桶」で幕を閉じる術は「終活」を刺激的に生きることだ。
　アリガトウ御座いました。

15

〔手紙〕膀胱癌に罹患した旨を友人・知人に知らせた手紙

２０１７年1月に異常（血尿）に気付き、近くの医院で診察し紹介状を頂いて2月に市内の拠点病院で精密検査した。結果は膀胱癌であった。このため3月に同病院に入院し内視鏡での手術を受けた。10日間の入院だった。

４月からは病院での化学療法（薬剤を点滴で投入治療）に入ることがハッキリした。入院日の４月10日の朝、友人・知人50名程に次の手紙を投函した。

驚いた友人が電話・Eメールで詳細を問い合わせてきた。いささか騒がせ過ぎたかなと思ったが「生老病死」は世の習い。有りのままを知らせて良かったと今は思っている。それにしても楽しい御知らせではないからこの種の書簡をこのタイミングで恩師、大先輩、現役後輩には出すべきではないであろう。

〈手紙〉

拝啓
春の日差しも日毎に暖かさを増し今年も花爛漫の季節がやって参りました。霞たなびく野山をのんびり散策したい気分ですが如何お過ごしでしょうか。
初めに此の書簡は楽しい御知らせではございません。むしろ突然すぎて唐突で叱責されかねない中身ですが、此れまでの誼で御容赦下さいますように。即ち、私も〝喜寿〟を迎えて何となく肉体的な綻びを感じることが少なくなかったのですが、泌尿器系の異常を自覚し2月に入院・検査した結果、膀胱癌に罹患していることが解りました。簡潔に申せば既に治療に入っています。従って暫しの間、入退院等を繰り返すことになるでしょう。為に此の先はリアクションが遅かったり鈍かったり、仲間として歩調を揃えることが叶わないことも有りますので御容赦下さいますように。御伝えしたかった事は以上です。

シリアスな話題だけではツマラナイので、ホッとしてもらえるだろう事を一つ。今年も2月初めに県庁現役・OBの十数名と恒例の山形蔵王1泊スキーツアーに参加しました。更に今シーズン最後のスキーは子供達に誘われた2月18日の「宮城蔵王・えぼしスキー場」でした。全長5㎞のダウンヒルを一緒にエンジョイ。5㎞を約10分だったから平均時速30㎞／h。即ちスピードは控え目。

結局今年のスキーは計7日。例年の半分で幕！〝月山夏スキー〟は諦めます。

私の65歳リタイア後のスタンスは拙著〝あとがき〟にも書き下ろしましたが要するに『遊び』。しかし「此れから」に関しては軌道修正も止むなし――。御想像の通り実はこの手紙を出すべきかどうか躊躇しました。しかし「四苦」（生老病死）は世の習い。親しい仲で現に「白秋・玄冬」に入っているなら、此の種の書簡も「有り」と思った次第。重ね重ねの踏み込み過ぎを御詫び致します。

終わりに還暦・古希以降の「一病息災」は「無病息災」よりもベターだと思いますが、それに付けてもくれぐれも御自愛下さいますように。

敬具

２０１７年4月10日

髙橋信哉

（追記）

覚悟はしていたが２０１７年2月の病院での精密検査を経て、医師から膀胱癌に罹患している旨を知らされた時は、一瞬だが茫然自失に近かったかも。

まずは手術のため3月初めに10日間入院したが、勿論これで終わりではなく、物理療法（手術）の後は化学療法での治療のため、入退院が相当期間に亘って続くのだ。

第一回目の化学療法（期間4週間で初めの10日前後は入院治療）を3月末から始めることの提案が医師からあったが、あいにく年度末・年度初めは私の役割分担もある地域コミュニティー絡みの行事が多い。結局4月10日の入院となり、それまで思案したこと等も踏まえて友人・知人に宛てたのがこの手紙だった。

何故「膀胱癌」なのかの因果関係を私なりに語れないこともないが此処に至っては是非もなし。無理は出来ないが私なりに前に進むしかないと今は考えている。

16 〔挨拶〕宮城県庁高校同窓会/2016年度総会懇親会での中締めスピーチ

宮城県職員総数は約2万9000名。内訳は一般行政部門約5000名、教育部門約1万8000名、警察部門約5000名、公営企業部門約900名である（詳しくは宮城県ホームページ参照）。一般行政部門約5000名のうち古川高校同窓生は300名超で、約100名が本庁。

本庁勤めの古高同窓生で構成する〝県庁古川高等学校同窓会〟（会長 佐野好昭宮城県総務部長）は、OBも入って毎年11月に総会・懇親会が開催される。私は23歳で奉職し59歳で勧奨退職するまで殆ど本庁勤務。本庁を離れたのは終盤の「宮城県工業技術センター」2年間だけ。59歳で勧奨退職し65歳までは、財団法人みやぎ産業振興機構と第三セクター株式会社テクノプラザみやぎに勤務したがいずれも仙台市内。

県庁古高同窓会の総会・懇親会への私の出席率は現役リタイア後もかなり高い。総会当日は古川高校同窓会長はじめ同窓の県議会議員・市町村長も出席するのが慣例。そして2016年度まで12年間に亘り同窓会長が渡辺義之氏（元宮城県仙台第二高等学校長、高校時代クラスメート）だったことも、私が県庁ＯＢになっても殆ど欠かさず出席した事由である。出席者は常に１００名を超えて盛会。私も喜寿を迎えたので潮時ではある。その辺りも意識しながら２０１６年11月の総会・懇親会での「中締め挨拶」では次のように締め括った。

〈挨拶〉

第11回生の高橋です。まもなく76歳です。１分間スピーチします。
大事なのは公的にも私的にも「夢と目標」を持って前に進むこと。
そもそも「夢・目標」って何なんだ？
家を建てるとか新車を買うレベルではありません。
ハードルは高いけれど、実現可能性のあるプロジェクト。
現役の皆さんは、勿論『組織目標の実現』が一つの「夢・目標」です。
ハードルが高いから、リスクもあるから、もしかして途中で失敗するかもしれない。
道半ばで倒れるかもしれない。倒れる時は「前に」倒れましょう。
後ろや横に倒れてはダメ。その「こころ」は「ドミノ倒し」です。
前に倒れれば、前に進んでいく。将来に向かって進んでいく。

皆さん〝心の琴の弦〟を張って兎に角「前に」進みましょう。
アリガトウ御座いました。

（註）〝心の琴の弦〟は2017年で創立120周年の古川高等学校「校歌」の一節。旧制古川中学から連綿と歌い継がれた校歌1番は次の通り。

心の琴の弦（いと）も張る　春は万朶（ばんだ）の花の雲
胸の思いも澄みわたる　秋は黄金の稲の波
尽きぬ眺望（ながめ）の大崎に　基礎（もとい）を置ける教（おしえ）の舎（や）

17 〔手紙〕中学校同級会「喜寿祝い会」に出席不可を知らせた手紙

私は昭和31(1956)年3月に宮城県大崎市鳴子温泉鳴子中学校(旧玉造郡鳴子町立鳴子中学校)を第9回生として卒業した。同級生は3クラスで計168名。1クラス56名だから今との比較で教室は窮屈極まりなかったが当時はそれが常態だった。

2017年現在で物故者は35名である。中学校を卒業して60年以上時間が経っているのに、此処まで詳細に把握されているのは稀有なことに違いない。「還暦祝い会」の時は80名に迫る出席があったので驚いた。更に「喜寿祝い会」が開かれた2017年6月まで毎年欠かさず同級会は続いてきたのだ。ふるさとで生業に励みながら、方々に散らばった同級生とのコミュニケーションにも意を用いてきた幹事長の心意気に只アリガトウの拍手を送るのみである。

2017年6月2日~3日鳴子温泉中山平のホテルに1泊して「喜寿祝い会」を開く旨の往復ハガキを受け取った。前年の同級会には出席したが今回は私の膀胱癌治療で出席は叶わない。そこで敬愛する同級生幹事長に欠席する旨の少し長めの手紙を書いた。

出席26名で盛り上がった翌朝のホテルロビーから仙台の私の自宅に幹事長からの電話。同じ電話で17年前の「還暦祝い会」で会った女性同級生も含めて立て続けに男女数人が話し掛けてきた。「驚いたよ調子はどうだい。シンヤちゃん大丈夫ー？　絶対ムリしないでねー！　80歳の時は俺が幹事やるから必ず来いよ――」一気に60年以上のタイムスリップ。これぞ湯の町鳴子の源泉掛け流し。体の芯まで温まるアッタカーイ心配りに乾杯――！

〈手紙〉

前略

貴兄の想いが詰まった「九鳴会（喜寿祝い）の集い」のハガキ。5月6日㈯に確かに頂きました。ありがとうございました。鳴子中学校卒業以来、同級生全員の安否に常に気を配り居住地をはじめ各種情報を折に触れ伝えてくれた貴兄には、只「アリガトウ」と言うしか御座いません。貴兄のその〝こころ〟に対し敬意と感謝を込め、いささか推敲不足ながら此の書簡を送ります。

返信のハガキは「欠席」で投函しました。しかし昨年6月の中山平での歓談からも私の欠席は貴兄にとっても想定外だろうし、「体調不良のため不参加」だけでは「木で鼻を括った感じ」でいささか貴兄に対して失礼。私も悔いが残るので若干の近況等も含めてワンペーパーに書き下します。前段は病気に関してなので軽く読み流されますように。三塚吉男君にも宜しく御伝え下さい。

〔現在の病状と今後の治療について〕

今年1月に泌尿器系の異常（血尿）に気付きました。医院診察を経て2月に仙台赤十字病院で精密検査。「膀胱癌」に罹患していることが判明。入院1回目の2月28日〜3月9日に同病院にて手術。4月10日〜4月20日に抗癌剤投与を含む治療のために2回目の入院。今回初めて知ったのですが「癌」医療は①物理療法（手術）と②化学療法（抗癌剤投与等）の〃2本立て〃。「化学療法」は1サイクル＝4週間（28日間、通称1クール）。初日から8日前後の入院治療。退院後も週1〜2回の外来受診で経過観察と治療。只今は「第1クール／4週間」が終わった段階です。

私の場合は何クール目で無罪放免になるか現時点では不明。5月15日から「第2クール」の治療開始。概略以上です。従って「九鳴会／喜寿祝い会」は残念ながら欠席というわけ。序でながら予想される抗癌剤副作用は個人差ありですが、白血球・赤血球・血小板減少、腎臓機能障害、感染症、脱毛etc.

〔近況報告／此れまで＆此れからに関して〕

此れまで（65歳〜喜寿）は65歳で県庁退職して直ちに渡米1年、町内会長3年、渡英4

ヵ月、出版3冊。此れから（喜寿～X）は拙著紀行文の英訳、短期語学留学、短期海外一人旅、エッセイ集上梓etc.です。お気付きの通り全て「遊び」の世界で、主体的に生きることに軸足を置いたライフスタイルです（笑）。

締め括りに一句〝終活は　2本立ての　一人芝居〟。

〝鳴子〟は故郷。中学校跡地や荒雄川&花渕山、温泉街や潟沼・鬼首も含めて哀愁がいっぱい。そして脳裏をよぎる同級生の面々。出席された皆さんに宜しく御伝え下さい。そして貴兄もくれぐれも御自愛下さいますように。

草々

髙橋信哉

2017年5月7日

遊佐　隆　様

18 〔手紙〕私の膀胱癌戦争について友人に宛てた手紙

2017年4月10日に友人・知人50名程に私が膀胱癌に罹患したことを手紙で知らせた。友人の1人が驚いて電話をかけてきた。一応答えたが中途半端。改めて具体的に伝えたのが7月25日付の此の手紙である。

私の学生時代は学生寮に2年半、そして3年生の秋に下宿に移った。あの時同じ下宿の隣室に居た1学年下の山梨の男性が電話してきた彼。時折ニクロム線を張った卓上コンロにメザシをのせて安酒で歓談した仲。何を語り合ったかは忘却の彼方。理科系にしては珍しく文豪の文学書も読んでいた記憶がある。現役リタイアして只今は奥様と2人暮らし。夫婦でゴルフ三昧と二人旅等で平穏な毎日を送っているようだ。

〈手紙〉

私の病を知らせた4月10日付の手紙を表して「流石〝古川学人〟」とは恐れ入りました。

畏れ多いこと、これに過ぎたるはなし（笑）。私の病で大分驚かせてしまいましたね。先日の電話での説明は中途半端だったので此の手紙にザックバランに書き下ろします。

今年1月に異常に気付き（血尿）、医院での診察を経て、仙台市内ヤギヤマの拠点病院で「膀胱癌」と判明。2月から3月にかけ10日間の入院で「物理療法（手術）」。引き続き4月10日から「化学療法（抗癌剤等の点滴治療）第1クール」に入った次第。只今は7月18日から始まった第3クールで入院中です。1クールは4週間で始まりの10日間が入院治療。退院後は週1回の外来での検査・観察・点滴治療等。「化学療法」の入院治療は薬剤を点滴投入し観察しながら慎重に進めますが私自身は静かにしているだけ。正直言って退屈なひと時。だから此の手紙も書けたというわけ（笑）。薬剤投入で怖いのは例えば白血球減少だけど私は許容範囲で体調はＯＫです。何クール迄続くかは観察を続ける医師の判断。人によってイロイロだそうで私は医師に任せるだけ。

次に高齢なのだから無理をせずスローに過ごしては如何か？　とのコメントを頂いたので思うところを率直に書きます。単刀直入に云えば貴兄のような感じで日々を送ることは妻の居ない高齢男子は避けた方が賢明かもしれないということ。夫婦そろって健在ならスローに日々を過ごすことは健全な選択。逆に高齢独り暮らしは少し刺激的なメニューを入れないと危ない（笑）と感じています。

例えば、貴兄は「男の料理教室」も楽しんでいるようで私も誘われたことがあったけど断りました。確かに皆でワイワイ料理するのは楽しい。しかし家に帰れば孤食なのだよね。「男の料理」を自宅で実践しても1人で黙々食べるだけだから「旨いわねー」「ちょっとマズイねー」と評価する人もおらず張り合いがなくてツマラナイということ。長続きはしない。高齢独り暮らしの男性こそ少しハードルの高い「夢&目標」を掲げないと早々と萎んでいくだけだろうと感じて此処までできました。ナマイキだけど60歳から75歳まで独り暮らしを実践してきた私の経験則です。

「夢&目標」は、ハードルは少し高いが実現可能性は低くない辺り。家や車を購入するとか、海外パッケージ旅行のレベルではないから進め方はPlan Do Seeで丁寧に。それにしても一番大事なのはDo！　私の「終活」の中での此処までの実践は、米国単身1年滞在・米大陸横断単身ドライブ・英国一人旅そして本出版です。想定外でエネルギーを使ったのが「東日本大震災」に直面した町内会長職でしたが少しは人様の御役に立ったかもと総括しています。「夢・目標」を達成すれば思いもかけないネットワークも広がります。自分が生きていることを真から実感する場も増えてきます。しかし喜寿を迎えて体の綻びも目立ってきました。従って無理は禁物。だから「病気治療」と「遊び」の2本立てで此れからも頑張らずにガンバリます。

〝終活は　2本立ての　一人芝居〟

いささか長くなってスミマセンでした。どうぞ健康第一で御自愛下さいますように。くれぐれも奥様を大事にしてください。

草々

2017年7月25日

髙橋信哉

（註）〝古川学人〟は大正デモクラシーの旗手吉野作造のペンネーム。東京帝国大学法科大学院教授。戦前の「学」で屹立した存在。宮城県大崎市古川が故郷。読売・吉野作造賞。「吉野作造記念館」は東北新幹線古川駅から徒歩15分。

あとがき

２００６年65歳で現役リタイア後、即渡航に舵を切って語学留学11カ月と大陸横断ドライブ1カ月の２本立てでアメリカ1年のプロジェクトを締め括った。その結果を２００８年に四六判の本に集約した。本の帯に〝自分探しの一人旅〟と入れたので友人から「自分探しで何を見つけたの？　結果はどうだったのだい」と聞かれた。

「結果はしっかり本に書いておいたから、よく読んでくれ」

「そうか。やはり〝はしがき〟と〝あとがき〟読んで、次に目次を見て何となく気になったところを読んだぐらいでは駄目か」

といっても彼が直ぐに読み直す筈もない。そこで「自分探しの旅」の意味は、「此れから」を生きていくために、どんな「形」が自分に相応しいかを見つけ出すことが最大の眼目だったこと。空気も違う非日常の中でなら気付くに違いない新しい切り口から攻めていけば、ブレのないライフスタイルに辿りつくかもしれないと考えたのだと語った。そして私のスタンスは確定した。

アメリカから帰国して反省した事が一つ。単身での長距離ドライブだったから、朝食を取りながら先ずはその日の目的地を地図で再確認することから始まる。思えばマップから目を離せないスタンプラリーみたいだったかなーと反省。そこで次のイギリス一人旅は車ではなく列車旅にしようと決めた。

72歳で4カ月間のイギリスでは、約1カ月をグレイトブリテン（イングランド・スコットランド・ウェールズ）の列車旅に充てた。エディンバラ手前から見た茫洋たる北海、漱石絶賛ピトロッホリーから先のスコットランドの山並み、西南端のコーンウォール半島から見たイギリス海峡等々、今も瞼に残るそれらは列車旅だからこそ可能だったのだ。隣席の女性と会話出来たことも忘れ得ぬ想い出。高齢男子の一人旅は列車旅がベターと確信したのである。

友人等からの私への問い掛けは二つ。一つは「次の海外は何処を狙っているんだい？」もう一つは「もう〝喜寿〟なのだから孫達に寄り添って――」である。前者の問いには、例えば豪州大陸横断なら成田からシドニーに飛んで、即大陸横断列車でパースを目指しインド洋に沈む夕日を見たら帰ってくるから1週間くらいかも等と答えている。日数的にはパッケージツアーくらいの一人旅である。

後者は私の病を気遣っての問い掛けだから慎重になる。第4コーナーに入っているのだから身の回りの整理等に力点を移した方が良いのではと云ってくれる友人もいる。確かに年齢的にも何が起きてもおかしくない。それなりに覚悟はしている。2016年夏の旧宅解体撤去の時点でモノの類いは9割方処分した。男1人だから「断捨離」の決断は早い。大震災で被災した墓も、子供達に渡すバトンも整理済み。かつ2016年12月からは長男家族4人と同じ屋根の下だから私の負担は大幅に軽くなった。これからは貸金庫の世話になる必要もない。となると私の「此れから」も基本コンセプトの変更は不要。但し遊びと病気治療の2本立てだから、遊びにかけるボリュームを小さくすることは致し方なし。

2017年6月にケンブリッジでお世話になった英語教師からメールが来た。

I just wanted to know if you have managed to translate your own book. Please let me know how you are and what you are doing these days.

『グレイトブリテン一人旅』(2014年 東京図書出版)の英語版が予定より遅れているので進捗状況を尋ねてきたのだ。私の病を知らせてなかったので其の事に触れ少し遅れる旨をメールした。実は只今2回目の推敲途上にある。

私の生涯学習はゴールのない英語のスキルアップ。その中での一つの目標が英語版の上梓。ハードルは高いが頑張らずにガンバッテいこうと、時には図書館の辞書をめくったりすることもある今日この頃である。

私の「終活」は、定年退職(65歳)以降のライフスタイル&行動を、未知体験志向をベースにグランドデザインし、目標に向かってとにかく前に進むことだった。当然ながら幾つかの目標は自分中心の遊びの世界である。齢77歳は既に第4コーナーを回っているから、「残躯天の赦すところ」(伊達政宗の晩年の述懐『馬上少年過ぐ』より)なら、私も足下に注意しながら可能な範囲で前に進みたい。その「こころ」はkeep on walkingである。

最後に、この本の出版について、東京図書出版に種々お力添え頂いたことについて、大いなる感謝と敬意の心を記して、あとがきに代えます。

ここまで御目通し頂きまして、本当にありがとうございました。

２０１８年２月

髙橋信哉

髙橋　信哉（たかはし　しんや）

1941年　宮城県大崎市生まれ
1959年　宮城県古川高等学校卒業
1964年　千葉工業大学・機械工学科卒業
1964年　宮城県技術吏員・技師発令（宮城県庁）
　　　　宮城県商工労働部・工業振興課長
　　　　宮城県総務部・国際交流課長
　　　　宮城県工業技術センター所長
　　　　宮城県理事（技術担当）
2000年　㈶みやぎ産業振興機構・理事
2000年　㈱テクノプラザみやぎ・専務取締役
2006年６月　全ての公務を辞す

【著書】
『65歳で語学留学、66歳のルート66』日本図書刊行会
『Riding the American Breeze』近代文藝社
『グレイトブリテン一人旅』東京図書出版

終活をデザインする

2018年３月10日　初版第１刷発行

著　者　髙 橋 信 哉
発行者　中 田 典 昭
発行所　東京図書出版
発売元　株式会社 リフレ出版
　　　　〒113-0021　東京都文京区本駒込 3-10-4
　　　　電話（03）3823-9171　FAX 0120-41-8080
印　刷　株式会社 ブレイン

ISBN978-4-86641-117-0 C0095
Printed in Japan 2018
落丁・乱丁はお取替えいたします。

ご意見、ご感想をお寄せ下さい。
［宛先］〒113-0021　東京都文京区本駒込 3-10-4
　　　　東京図書出版